诗自四季来

诗意生活一百重

黄荣华◎著

方 晴◎绘

广西师范大学出版社 · 桂林 ·

图书在版编目(CIP)数据

诗自四季来:诗意生活一百重/黄荣华著;方晴绘.—桂林:广西师范大学出版社,2020.1
ISBN 978 - 7 - 5598 - 2301 - 4

Ⅰ.①诗… Ⅱ.①黄… ②方… Ⅲ.①古典诗歌-诗集-中国
Ⅳ.①I222

中国版本图书馆 CIP 数据核字(2019)第 239057 号

出 品 人:刘广汉
责任编辑:周 伟
助理编辑:旷书文
封面设计:张晶灵

广西师范大学出版社出版发行

(广西桂林市五里店路 9 号 邮政编码:541004)
(网址:http://www.bbtpress.com)

出版人:张艺兵
全国新华书店经销
销售热线:021 - 65200318 021 - 31260822 - 898
山东临沂新华印刷物流集团有限责任公司印刷
(临沂高新技术产业开发区新华路 1 号 邮政编码:276017)
开本:690mm×960mm 1/16
印张:14 字数:188 千字
2020 年 1 月第 1 版 2020 年 1 月第 1 次印刷
定价:56.00 元

前言

    《诗自四季来》是《诗自远方来》的姊妹篇。

    "诗自远方来"出自"有朋自远方来"，表明《诗经》就如同远方的朋友，自几千年前的周代向我们现代人走来；也表明"诗"住在人们的生活深处，住在人们的灵府深处，由表及里，由浅入深，行行重行行，才可能抵达诗的殿堂。

    "诗自四季来"是说春夏秋冬四季皆诗，岁时节令处处有诗，生活百态诗情万种。

    两者合而为一，是说诗在远方，诗也在近旁；诗在深厚处，诗也在清浅处。诗就在这里或那里，远远近近，深深浅浅，时时处处，"物物各自异，种种在其中"。关键是你必须懂得诗心，会得诗意，悟得诗情，尔后才能识得诗的模样。

    多年来我常常被问及一个问题：怎样读懂古诗？

    在回答的过程中，发现今天我们读古诗受到一种很顽固的思维方式的干扰，那就是"程式"教育下形成的"直奔主题"的"同质"思维方式。

    这与我们几十年的语文教育关系甚密。几十年来的语文教育大体上就是"直奔主题"的教育，谈诗论文总是以追问"主题"为能事，讨论诗文的内容自不必说，讨论诗文的艺术也必定要与"主题"紧扣。要命的是，这个"主题"很多时候并不是这些诗文的真实"主旨"（"旨意""旨趣"），而是"当下"我们强加给古人的"思想"，或者说是空乏的现代意识形态概念，如"现实主义""浪漫主义"，如"热爱自然""热爱祖国"，如"豪情壮志""反抗

（揭露）现实"……更要命的是，当我们将古诗中种种"精致"的"艺术手法"都用来"追问"这种强加给古人的"思想"时，这古诗古文就完全被我们读歪了读死了。

因此，在回答这个问题时，我讲得最多的一句话就是：以古诗文存在的方式读古诗文。也就是说，尽可能"回到"产生古诗文的古人的生活中去读古诗文，尽可能理解古代诗文所隐藏的古人的生存方式、生活理想、审美情趣，以及这些内容所隐藏的古人对生命、社会、宇宙等的认知、理解与表达方式——文化逻辑。就如本书在讲解清人姚鼐的《山行》时所言："对古人而言，山行所见，拾掇起来就是诗章；对今人而言，吟诗要有所得，必得目有回眸，望得见千年风物；耳有远听，闻得到相隔千年万里的人言鸟语；味有长甘，能咀嚼出沉落于历史深处的化石般食物的诸种滋养。"只有这样，才可能读懂古诗，才可能明白古代诗人为什么"这样"言说。

在我的认知中，古人对生命、社会、宇宙等的认知、理解、表达与今人的最大不同就是：古人认为万物息息相关，万物交合且重重不尽，因此古人在表达生命、社会、宇宙时，总是在"关联"之中表达，很多时候难以分清你我，甚至常常是"忘我"或"无我"的；而今人受"线性思维"的影响，只能看到生活表层的一种或两种或几种"因缘"，总是在虚假的"必然"中表达"我"的生命、"我"的社会、"我"的宇宙，自然也就这样去理解古人及其诗文，这自然是很难读懂古诗的。

近几年又出现了一种新的干扰，就是把有关古诗文的"外围"知识的掌握等同于对古诗文的理解。这种干扰其实以前一直就存在，但不像当下这样成为一种风尚。我们现在常能听到，讲某名篇，百分之九十以上的时间在讲有关这个名篇的"外围"知识，而对名篇本身却略之又略，甚至只是"点"到为止。虽然说，对有关古诗文的"外围"知识的掌握对理解古诗文是有帮助的，有时甚至是必要的，但两者绝不能等同。认识古诗文写了什么，为什么"这样写"，尤其是从"诗言"（"言语方式"）的角度认识到"这样写"的必然性、不可替代性，才是理解古诗文的几个关键方面。也就是说，无论讲什么相关"知识"，其目的都应当为理解古诗文本身服务，而相关"知识"本身不应当是目的，更不应成为讲授者"炫博"的目的。

正是基于对上述两种干扰的认识，《诗自四季来》选取100首（每季25首）生活意味浓厚、艺术旨趣丰富的四季精短古诗词，构筑"诗意生活一百重"以"诗"本身为目的，尽可能回到诗人写作的生活之中，回到诗人生活与写作的文化逻辑之中，从"诗言"（"言语方式"）的角度追问"为什么"：为什么"写这些"？为什么"这样写"？其"艺术必然性"何在？许多时候更从名篇（名句）产生的必然性角度追问，为什么"此时、此地、此境"才会产生"这样的名篇（名句）"，企图形成一种"新诗话"——诗自四季来，诗自日常而独特的生活来，诗是生活的艺术，艺术是生活的诗。

也是为实现这样的目标，笔者还特别邀请方晴老师临制了几十幅"宋山水小品"。宋山水小品是在静谧安好的生活中走向诗意深处的。我们期待，读者手捧《诗自四季来》，即可于当下的躁动中安静下来，而有其诗，有其画，有其诗画交融的精彩。非常感谢方老师的付出！

黄荣华

2019 年 9 月 3 日

目录

❖ 春

夏

秋

冬

早春 【宋·郭熙】 方晴 临

春

"桃红复含宿雨，柳绿更带朝烟。花落家童未扫，莺啼山客犹眠。"

桃红静，柳绿静，花落静，忽来一声空山莺啼，真的是空静之中的空静了。就在这空静的空静之中，享受这空静的山客竟还在空静的鼾声之中啊。

春是卖萌讨巧的，春是喧哗热闹的，春也是空无安静的。

元日

❖【宋·王安石】

爆竹声中一岁除，
春风送暖入屠苏。
千门万户曈曈日，
总把新桃换旧符。

　　"元"由"人"与"上"组成，表示人之上的初始太空，用以指代天地之始。"元日"就是一年之始，也即春节。

　　古人特别重视元日，因为一元复始，万象更新；因为一年之计在于春；因为人们的心中装有满满的对新的一年的期待与梦想……

　　1068年，宋神宗召王安石议政，王安石即上书变法，次年拜相，推行新政。同年元日，48岁的王安石看到人们除旧布新迎佳节，便有感而发，写下了这首名诗。

　　王安石（1021—1086），北宋文学家，唐宋八大家之一。字介甫，号半山，又号半山老人，临川（今江西抚州市临川区）人，封荆国公，世称"王荆公"。

爆竹声声，春风阵阵，日暖融融，万象更新，千家万户都沐浴在祥和喜庆的节日光辉之中，天地间一派升平景象。

在我看来，此诗有三"最"：

一最：最有名的元日诗。此诗前后都有不少元日诗，但此诗一出即风靡天下，至今传诵不衰。

二最：最得新春气象的元日诗。一元复始，万象更新。此诗以"千门万户曈曈日，总把新桃换旧符"一联，形象地呈现出了这种天地之新的宏大气象。曈曈（tóng tóng），指日出时渐渐明亮的样子。桃，指桃符。古人用桃木板写上"神荼""郁垒"两位神灵的名字，悬挂在门旁，以压邪避灾。旭日初升，人们对美好生活的祈愿也在心中升起。

三最：最接地气的元日诗。爆竹、屠苏、桃符，是古人过春节的三大必备"道具"，缺一不可。屠苏就是屠苏酒，屠苏酒是一种药酒，传说由华佗创制，后来因一名医草庵名为屠苏，所以得名。古人相信万物有灵，相信鬼神的存在。他们相信爆竹、屠苏、桃符都具有避鬼驱邪之功效。

这里想特别说明一下，古人在春节饮屠苏酒时，与饮其他酒不同，是从年少者开始，再依次按年龄递增者饮用。所以苏辙《除日》说："年年最后饮屠苏，不觉年来七十余。"

吟诵这首诗，我们完全能感受到立于天地之间的王安石，那种踌躇满志、意气昂扬的风神气韵。

人日思归

【隋·薛道衡】

入春才七日，
离家已二年。
人归落雁后，
思发在花前。

今天肯定有许多人没有听说过"人日"这个词，看到后也不知何意。但这个词，在唐宋时期是"热词"。

相传女娲创世，相继造出鸡狗猪羊牛马人。人们为纪念女娲的功业，定正月初一为鸡日，初二为狗日，初三为猪日，初四为羊日，初五为牛日，初六为马日，初七为人日。"人日"即人的生日，又称人胜、人庆、七元等。这一天，人们阖家团聚，共庆人的诞生。"人日"兴于汉代，盛行于唐宋，后来逐渐消失。唐代诗人高适有"今年人日空相忆，明年人日知何处"的名句。薛道衡的这首《人日思归》更是久负盛名。

薛道衡(540—609)，是隋代成就最高的诗人，历仕北齐、北周、隋朝。字玄卿。河东汾阴（今山西万荣）人。薛道衡生活的时代，正是春节期间过"人日"风气很浓的时候。写作此诗时，诗人作为隋使者正出使陈朝。离家两年了，归家的心情非常急切。因此，在这个团聚共庆的日子，自然就想起两年的客居生活，看

梅溪放艇图 【宋·马远】 方晴 临

到大雁北归，就想起自己不得北归的处境。

此诗最为人称道的是，将"才""已"这样的时间词巧妙地融入诗中，给人度日如年之感；用"后""前"这样的时间词故意造成时间落差，突出思乡之切。"落"在北归大雁之"后""归"，说明诗人正在与大雁争先；"在"春花开放之"前""思"，说明诗人比春花思春之心更急。这样，人雁花共竞春归，诗意层层生发，意味盎然。

上面提到的"时间词"是一个很值得了解的概念。像"才""已"之类的时间词，古人归于虚词一类。古诗写作进入近体诗写作后，这类时间词已成为诗意生发的重要凭借。所以，读近体诗一定要对这类语词有敏锐的感觉。

生查子·元夕

❖【宋·欧阳修】

去年元夜时，花市灯如昼；

月上柳梢头，人约黄昏后。

今年元夜时，月与灯依旧。

不见去年人，泪湿春衫袖。

　　欧阳修（1007—1072），字永叔，号醉翁，晚号六一居士，吉州永丰（今江西吉安永丰）人。北宋文学家、史学家，唐宋八大家之一。谥号"文忠"，世称欧阳文忠公。

　　写词不是欧阳修的主业，但他的词作也自成一调，像这阕《生查子·元夕》就颇具风味。"生查（zhā）子"是词牌名，又称"楚云深"。元夕就是元夜，元宵。正月为元月，夜也称为宵。所以，古人称一年的第一个月圆夜——正月十五夜为元宵，这天过节就自然称为元宵节了。

　　元宵节始于汉代，至今有两千多年了。从春节至元宵节，一年的"年节"就算过完了。元宵节之后，大家就要正式上班了。

农民也要正式下地干活了。因此，古人非常重视元宵节，这天晚上总是热闹非凡，所以叫"闹元宵"。特别是一些大户人家的小姐，平常没有什么机会出来，这天晚上也都会纷纷走上街头看热闹、凑热闹，平添了一道风景。这样热闹的晚上，自然也就会常常比平时多发生意外。《红楼梦》里的香菱，就是元宵夜走失的，从此陷入了厄运中。

"闹元宵"是公共生活，同时也为私人生活提供了场所。欧阳修的这阕《生查子·元夕》写的就是一种私人生活——约会。

"月上柳梢头，人约黄昏后"，去年是谁与谁"约会"？今年为什么"不见去年人"？元夜如故，花市如旧，明月如故，华灯如旧，但不见相约之人。于是，践约人"泪湿春衫袖"。

人们都喜欢"月上柳梢头，人约黄昏后"这个句子，因为特浪漫，特有情调，特有风韵。可以说，这是许多人心中共有的幸福。但是，"月与灯依旧。不见去年人"，却是这阕词最动人心魄的地方。

我们可以想象，一年的等待，一年的期盼，一年的煎熬，一年的梦幻，甚至一年的癫狂，竟于这一瞬间"失守"！

常想，于古人，尤其是古代那些多情人而言，元宵夜，差不多就是人生悲喜剧舞台的最佳布景。欧阳修真不愧是文章高手，在这里，花、灯、月、柳、人、春衫、泪眼共构而成的元夕情境，让人回味不已。

早春呈水部张十八
员外（选一）

❖【唐·韩愈】

天街小雨润如酥，
草色遥看近却无。
最是一年春好处，
绝胜烟柳满皇都。

韩愈（768—824），字退之，河南河阳（今河南省孟州市）人。唐代文学家、哲学家。唐宋八大家之一。祖籍河北昌黎，世称韩昌黎。晚年任吏部侍郎，又称韩吏部。谥号"文"，又称韩文公。

水部张十八员外是谁？是著名诗人张籍。张籍在兄弟辈中排行第十八，时任水部员外郎。水部相当于今天的水利部，唐朝时设在工部下面。员外这里指官署里正员以外的官员，多为闲职。

韩愈为什么要写诗给张籍？张籍比韩愈约大两岁，但他是韩门的大弟子，也是韩愈的好朋友。张籍不像韩愈那样喜欢到外面游玩，有点像今天的"宅男"，韩愈就写了《早春呈水部张十八员外》两首，劝张籍出来走一走。

这里选的是第一首，通过早春特有的小雨和草色，赞美早春的京城是一年最美的时候。尤其是"草色遥看近却无"一句，远

梅石溪凫图 【宋·马远】 方晴 临

近之处，有无之中，皆在草色又不在草色，皆在眼界又不在眼界，皆在心境又不在心境，写得真实、生动、有趣，所以最负盛名。

韩愈劝张籍出游的意思，在第二首诗中更加明显——

莫道官忙身老大，即无年少逐春心。

凭君先到江头看，柳色如今深未深。

不知张籍读了这首诗，会不会真的先到江头去看看，"柳色如今深未深"？

因为读这两首诗，我倒对韩愈的游兴产生了兴趣。看他的300多首诗中，一大半是"行吟诗"。真是"即便官忙身老大，任我年少逐春心"。也许，永远能像少年人那样"逐春心"，是韩愈成为"人生赢家"的重要原因吧！

桃夭

❖【周·《诗经》】

桃之夭夭，灼灼其华。
之子于归，宜其室家。

桃之夭夭，有蕡其实。
之子于归，宜其家室。

桃之夭夭，其叶蓁蓁。
之子于归，宜其家人。

《诗经》是我国第一部诗歌总集，收集了西周初年至春秋中叶（公元前11世纪至前6世纪）的诗歌，共305篇。分"风"（十五国风共160篇）、"雅"（大雅31篇、小雅74篇）和"颂"（周颂31篇、鲁颂4篇、商颂5篇）三部分。《桃夭》出自《国风·周南》，"桃夭"，桃树繁盛美丽的样子。

《诗经》使用的一种重要艺术手法叫作比兴。《桃夭》使用比兴的手法就非常高超。

"于归"就是女子出嫁，它写美丽的女孩出嫁了，有家了，有孕了，有儿有女了，有许多儿女了。但它不是这样直说，而是用美艳的桃花、桃花结硕大的果实、桃树枝繁叶茂这一系列比喻来说。"灼灼其华"，这美艳若桃花、灿烂若桃花的姑娘出嫁了；"有蕡(fén)其实"，"蕡"形容果实鲜艳硕大的样子，像那桃花结出鲜艳硕大的桃子，嫁到夫家后这姑娘就怀孕生子了；"蓁（zhēn）蓁其叶"，"蓁蓁"就是枝繁叶茂的样子，像那桃树枝繁叶茂，这姑娘的家也很快人丁兴旺、繁荣幸福、其乐融融了，所以是一切皆"宜"，一切都是和顺美满的。

我们看，桃花鲜艳娇媚，恰与新娘的特征契合，也与新婚的热闹喜庆相吻。特别是它与农业文明时期普通农人的生活非常契合。如果是牡丹，雍容华贵，是不是太华贵？腊梅，坚贞孤傲，是不是太孤傲？菊花，素雅清逸，是不是太清逸？莲花，清廉高洁，是不是太高洁？雍容华贵、孤傲坚贞、素雅清逸、清廉高洁，这都是美的极致，但只要不是硬抬扛，我们还是要说，从整体美感而言，这些美不是用来"表达"新娘的。

同时，我们还能看到，在这些花之中，只有桃之花、之实、之叶是完全可视、可观的，且之实、之叶的统一感也是最独特的。也就是说，在这些花中，只有桃才是统一于"灼灼其华""有蕡其实""其叶蓁蓁"的视觉之中的。这样的统一性，正好引出并象征婚后家庭幸福生活的情状，其他的花不能产生这样的效果。

不知大家是否有过这样的经历：清晨阳光映照，翠绿的桃叶之中，硕果累累，微风吹过，翠叶、红果、阳光，三者相互嬉戏。此时此刻，你就站在那桃树之下欣赏这自然之奇景，何其惬意！这种奇景，就是《桃夭》表现的幸福之家的象征。

《桃夭》选择桃之花、之实、之叶来比新娘、生子、家庭和顺繁盛幸福，是最佳的艺术选择，无可替代，无可变换，我们可以把这叫作"艺术的必然性"。

春阴

【宋·黄庭坚】

竹笋初生黄犊角，
蕨芽初长小儿拳。
试寻野菜炊香饭，
便是江南二月天。

　　黄庭坚（1045—1105），北宋诗人、书法家，江西诗派创始人。字鲁直，号山谷道人，晚号涪翁，洪州分宁（今江西修水）人。

　　常说诗就是生活，生活就是诗。读黄庭坚的这首《春阴》，再次想起这句话。

　　春阴是什么？就是春天的时光。一年之计在于春，一切都是新的，一切都充满了生机。新生的竹笋就像小黄牛的角大小，鲜嫩爽口，刚长出来的蕨菜像拳头一样卷曲，难怪又叫做拳头菜。试想在早春的阳光下，在和煦的春风中，在其乐融融的餐桌上，刚长出的竹笋，刚长出的蕨菜，再加香喷喷的米饭，真是享受"醉美"的春天时光了。

　　再细读一读这首诗，就能发现有一个字，使得这"醉美"的春光享受有了更惬意的滋味。

　　是哪个字呢？对，就是"寻"字。不是吗？如果这"醉美"

牧牛图 【宋·李唐】 方晴 临

的餐桌上的竹笋是你从山野寻找到的，蕨菜还是你发现的，那这顿饭是不是就吃得你春风浩荡、春意盎然了？

但且慢，在"寻"字前，诗人还加了一个"试"字。这"试寻"就是试着去寻找，至于能否找到，就不一定了。

读完全诗，你觉得是找到了，还是没有找到呢？对，好像找到了，但是不是也好像又还没有去找呢？好像也是的。

如果是后者，那这首诗前两句"竹笋初生黄犊角，蕨芽初长小儿拳"写的就只是诗人的期待了。

你同意是诗人的期待吗？如果同意，那就同诗人一起动身去寻找吧！

生活就是诗。在"试寻野菜炊香饭"的生活中，你将这"试寻"的过程记录下来，就是自然清新的诗。

春分日

【五代·徐铉】

仲春初四日，春色正中分。

绿野徘徊月，晴天断续云。

燕飞犹个个，花落已纷纷。

思妇高楼晚，歌声不可闻。

徐铉（916—991），字鼎臣，广陵（今江苏扬州）人。他是五代时期的文字学家、书法家、诗人。徐铉在文字学方面造诣很深，曾奉旨与人共同校订《说文解字》，世称"大徐本"。其实，徐铉的诗文也很有特色，只因为他文字学方面成就的遮盖，一般人并不知晓。像这首诗，就是一首很有意蕴的节日诗。

古人用"孟""仲""季"来表示月份，每季的三个月依次称为孟月、仲月、季月，"仲春"就是农历二月。春分是二十四节气的第四个。春分是春季九十天的中分点，春分日也就落在仲春，在公历的每年3月21日前后。

仲春二月，春色中分。绿野之上，朗月徘徊；蓝天之下，白云时来时去；燕子衔泥，上下翻飞；花儿飘落，纷纷纭纭。面对此情此景，独守闺房的思妇总是煎熬难耐的，特别是到了明月朗照、天地空明的晚上，就更加感到孤苦了。

如果没有最后两句，这就是一首美春之诗。现在有了最后两句，美春之诗变成了伤春之调，且伤得幽深绵邈。当我们再细想一下，春风摇荡的晚上，明月朗朗地照着，高楼上飘下时断时续的忧伤的女中音，那是一种怎样的孤苦呢？

诗作的最后两句有两解，差异在对"不可"理解的不同上。

一说"不可"就是"不能"，就是"没有"。"不可闻"就是听不到。高楼的晚上，思妇不忍发歌，所以听不到。

一说"不可"是"不敢"。"不可闻"就是"不敢听"，因为唱得太悲伤。

你认为哪种理解更有诗意呢？

无论哪种理解，都给人很大的想象空间，给人很多可咀嚼的味道。

可能有人会问："思妇高楼晚，歌声不可闻"，为什么就一定是"春分日"发生的事情呢？为什么不是其他时光中发生的事情呢？

我想，"春分日"应当就是春心最摇荡的时日！自然的春天是这样，人心中的春天也是这样，特别是那高楼上的思妇更是这样。

徐铉是不是也这样认为呢？多半是吧！

村居 【清·高鼎】

草长莺飞二月天，
拂堤杨柳醉春烟。
儿童散学归来早，
忙趁东风放纸鸢。

高鼎（1851—1861），清代诗人。字象一，又字拙吾，仁和（今浙江省杭州市）人。

二月春好，草长莺飞，杨柳拂堤，春烟醉人。孩子们放学归来，趁东风煦暖，热热闹闹地放风筝去！

纸鸢（yuān）就是风筝。鸢是鹰的一种。古代大风筝都制作成鸢的形状，所以称风筝为鸢。木制的称木鸢，纸做的称纸鸢，木鸢早于纸鸢。放纸鸢是古代乡村生活的一景。我们常说中国古代文明是农业文明。这就是农业文明的一景。它的一个重要特征，就是天地人和，人与自然融于一体。我们想一想，天空莺飞，大地草长。而在这样的天空与大地之间，一群活泼泼的孩子，嬉笑着，奔跑着，时时仰望着，时时呼唤着。这些孩子是不是就给我们那莺飞草长一般的感觉？

但这样的景象今天很难见到了，因为我们没有了这样的生活土壤。可以说，随着城镇化的完成，这样的美景将永远地只能通过这样的诗作来欣赏了，这是令今天的人们，尤其是孩子们非常

溪山行旅图 【宋·郭熙】 方晴 临

遗憾的事。

作为教师，我的心中还有一道更深的伤痛：因为失去了相应的生活支撑，古人所写的许多美丽的诗章将越来越难以为当今的孩子们所欣赏。特别是在没有情感体验的时空中，他们更不愿意去深究这些艺术的艺术必然性。久而久之，全社会都将失去对这种艺术的感知力。

比如为什么是"忙趁东风放纸鸢"，而不是忙趁西风或南风或北风？

大体上说，春来东风起，夏来南风吹，秋来西风紧，冬来北风啸。这与我们中国的地理位置紧密相关。春天来，东风起，地气往上，风筝就容易飞得高且飞得稳。所以是"忙趁东风放纸鸢"，所以春天是放风筝的最佳时节。

应当承认，当有了这样的认知，我们欣赏这首诗时自然就会有更浓的意味贮满心间，就会有更丰富的情思萦绕脑际，会有更雀跃的神绪在灵魂深处舞动。

题都城南庄

❖【唐·崔护】

去年今日此门中，
人面桃花相映红。
人面不知何处去，
桃花依旧笑春风。

这首诗是一个传奇，有一个重要的点值得关注。

那就是它叙述的人与人相遇的偶然性以及这样的偶然性给人留下的不可磨灭的记忆。

作者崔护（772—846），是唐代诗人。字殷功，博陵（今河北定州）人。我们可以想象，崔护赴京赶考时借住都城长安的南庄。那天，他放下书本，出门到外面呼吸呼吸新鲜空气，走着走着，抬眼就看到一户人家的门前，桃花盛开，一个姑娘站在那桃树下仰望着灿然的花朵，美艳的人面与美艳的桃花，相互照映，一片绯红。一年之后，又是桃花盛开时，春风得意的崔护忽然想起去年那"人面桃花相映红"的美丽，便骑马飞奔南庄，寻到去年那美丽诞生的地方，却不见人面，只有桃花"笑春风"，无知无觉地在春风中盛开。

这其实是"偶得"与"必失"形成的记忆链条。"偶得"好理解，"必失"怎样理解呢？一是时间本不可重来，事物本不可重复。那些重来、重复的时间与人事，本质上是虚假的。二是"偶得"是概率事件，甚至可以说常常是低概率事件，将其上升为"必得"就变成非概率事件，这是人们心理认知常犯的错误。崔护一年之后期待重现往日的美丽，即是在一种错误认知的诱导下所形成的本不可能实现的渴求，所以"必失"其真。

从"偶得"与"必失"的关系看，没有前面的"偶得"，就不可能有后面"必失"的遗恨；没有后面"必失"的遗恨，就难以强化前面"偶得"的殊可宝贵。崔护这首《题都城南庄》之所以千古传诵，正是它以具象的人面桃花的相映之美与相离之恨，演绎了人生中常有的"偶得"与"必失"之理，令人感慨，启人长思。

前面我们讲欧阳修《生查子·元夕》中的"月与灯依旧/不见去年人"是最动人心的地方，其深层缘由也在这里。虽然我们不知道"相见"与"相约"是不是偶得，但我们明白，这"不见"却是必然。一年之中有多少人力所不可左右的变化啊！

山行

【清·姚鼐】

布谷飞飞劝早耕，
春锄扑扑趁春晴。
千层石树遥行路，
一带山田放水声。

诗人在山中行走，看到了什么？听到了什么？

诗人看到了布谷飞飞，看到了春（chōng）锄扑扑，看到了千层石路。春锄又名"春鉏"，即白鹭。白鹭涉水时头一低一高，像农民春米、锄地的样子，因此得名春锄。

诗人听到了布谷鸟"播谷播谷"的劝耕声，听到了白鹭享受春阳的扑扑的飞翔声，听到了一带山田潺潺的放水声。

姚鼐（nài）（1731—1815），字姬传，一字梦谷，安徽桐城人。他是清代散文家，与方苞、刘大櫆同被称为"桐城派"三祖。桐城派主张为文"雅洁"，反对"冗辞"。姚鼐这首《山行》也写得清新雅丽，意趣横生。

设色山水册页（8） 【宋·马远】 方晴 临

也许，在工业文明的今天，人们确实很难体会得到这种意趣了。但我想，倘若能够对几千年农业文明有一种深情的回眸，你的眼前就会浮现出春耕时节那种春阳灿烂、春鸟飞鸣、春田水潺的唯美春景。倘若能够再设想一下，自己就行走在这唯美春景的山间，你的心中一定会生出那种春意充盈于心间的沉醉来。

对古人而言，山行所见，拾掇起来就是诗章；对今人而言，吟诗要有所得，必得目有回眸，望得见千年风物；耳有远听，闻得到相隔千年的人言鸟语；味有长甘，能咀嚼出沉落于历史深处的化石般食物的诸种滋养。

唐代杜牧也有一首《山行》：

远上寒山石径斜，白云生处有人家。

停车坐爱枫林晚，霜叶红于二月花。

你更喜欢哪一首《山行》呢？

清明

❖【唐·杜牧】

清明时节雨纷纷，
路上行人欲断魂。
借问酒家何处有，
牧童遥指杏花村。

　　清明是二十四节气中的第五个，清明节祭祖扫墓是流传至今的中国传统习俗。

　　古人有很重的家庭、家族观念。因为古人认为，一个人只有融进家庭、家族之中，被家庭、家族接受，这个人才是一个真正的人；一个人如果失去了自己的家族，这个人实际上就没有了生存的空间，即使死了也是孤魂野鬼。所以，家族对古人来说，是极其重要的。

　　这样，清明祭扫祖茔就成了古人生活中极其重要的一环。

　　祭扫祖茔是追念先人、感怀先人，是人们追问来路的感恩情怀的表现。当一家人、一个家族，一起参加这样的活动时，家人之间的情感就又增加了一重，家族的凝聚力又增加了一重。

但此时的诗人却一人孤独地奔波在远离家乡的路上，不得参与这样的家庭、家族活动。更有甚者，竟还遇上了纷纷细雨。所以情绪低落，心绪很坏，简直要魂绝魄断了。

怎么办呢？只能暂且借酒浇愁了。于是就有了诗作的后两句，含不尽之意于言外。

杜牧（803—约852），是唐代诗人，与李商隐并称"小李杜"。字牧之，号樊川居士，京兆万年（今陕西西安）人。杜牧是七绝高手。诗作四句二十八字，写得绵密邈远。但有人说这首诗中的"纷纷""路上""借问""牧童"皆可删掉，变成一首五言绝句，就更加精练了。其实，这在简省字数的同时，也简去了无穷的诗意。因为"纷纷"状清明雨的特征，"路上"写行人的急迫，"借问"显问者的礼数，"牧童"彰真实的情境，四者叠加，就产生了多重诗意，怎可简省得了呢？

古诗写作从四言到七言，总的说是从质朴自然到清丽华美。这里有艺术的必然追求。所以到杜牧时代，七绝成为真正的绝唱，而杜牧是这绝唱的优秀歌者。这首《清明》也是这位最佳歌者的最佳歌唱之一种。从这个角度说，那些认为《清明》变成五言更好的论者，其实是缺乏"艺术通感力"的人。

四时田园杂兴（选一）

❖【宋·范成大】

谷雨如丝复似尘，
煮瓶浮蜡正尝新。
牡丹破萼樱桃熟，
未许飞花减却春。

范成大（1126—1193），南宋诗人，字致能，号石湖居士，平江吴县（今江苏苏州）人。

范成大的《四时田园杂兴》共有六十首，其中春季二十四首，其他三季每季十二首。组诗描写了四季田园景象与生活情趣。这里选取的是春季诗，是组诗中的第二十二首。

煮瓶浮蜡，就是小火温浮蜡酒。浮蜡是制酒工艺，即在封酒的木塞上封蜡。诗作写谷雨时节，雨细如丝似尘，浮蜡酒鲜，牡丹破萼，樱桃红熟，虽是暮春，但春意不减漫天飞花时。

"未许飞花减却春"可以说是诗人的主观感受，也是可以说是暮春的实情。说主观感受，是从"万紫千红总是春"的角度看，

云峰远眺图 【宋·佚名】 方晴 临

　　暮春时节确实是好春已去，春意阑珊；说实情，是从"不与春花争烂漫"的角度看，暮春时节的确给人不似春花而胜似春花之趣，从谷雨、浮蜡、牡丹、樱桃这些意象中，人们能获得更丰富的季节感受。

　　好诗从哪里来？就是从丰富的感受中来。失去了对世界丰富性的感知，是不会产生好诗的；同样，失去了对世界丰富性的感知，也是读不透那些呈现了世界丰富性感知的作品的。

　　范成大能写出为人称道的《四时田园杂兴》六十首来，就源于他对季节、对生活的丰富感知力。前面刚讲到的杜牧的《清明》诗不能简省为五言，也与此关联甚紧。简省之后，可能给读者的想象空间更大了，但诗作的主旨则可能因细节丰富性的丢失而模糊，甚至丢失。这里不是说每首诗都必然有一个鲜明的主旨，但杜牧的《清明》、范成大的《四时田园杂兴》这类诗还是有鲜明主旨追求的。

丽人行（节选）

❖【唐·杜甫】

三月三日天气新，
长安水边多丽人。
态浓意远淑且真，
肌理细腻骨肉匀。
绣罗衣裳照暮春，
蹙金孔雀银麒麟。

农历三月三日是上巳节。古人在这天常常到水边举行祓禊（fú xì）仪式。祓禊就是用河水擦洗身体，消除祸灾。慢慢地，上巳节演变为游春的一个重要节日。

杜甫这首诗就是写皇家在这天游春的情景。杜甫（712—770），字子美，自号少陵野老，河南巩县人。他是唐代著名诗人，与李白并称"李杜"。因诗歌中的圣人情怀而被尊为"诗圣"。杜甫的诗歌大多反映现实，如同《史记》一样"不虚美、不隐恶"，因而被称为"诗史"，包含了杜甫的家国情怀。行（xíng）是古代诗歌的一种体裁，与另一种相似的体裁"歌"并称为"歌行"，形式比较自由。《丽人行》全诗二十六句，前十句总写踏青丽人之多、体态之雅、姿色之美、衣着之丽。之后十句，具体写丽人中由唐玄宗赐封的杨贵妃大姐韩国夫人、三姐虢国夫人、八姐秦国夫人用品雅致，肴馔精美，箫管悠扬。最后六句写杨国忠意气骄恣，"炙手可热势绝伦"。

这里节选的是开头六句，总写丽人的意态、肌理、骨肉、衣裳。"态浓意远淑且真，肌理细腻骨肉匀"两句，是唐代美女的典型概写。"态浓"，姿态富丽；"意远"，意气神远；"淑且真"，淑美而自然；"肌理细腻"，肌肤纹理细嫩，光滑丰润；"骨肉匀"，骨健肉实，身材匀称适度。怎样的衣裳才配得上这些丽人？蹙（cù）金，用拈紧的金线刺绣，使刺绣的纹路皱缩起来，亦称"拈金"，是用这样金丝银线、精工细作的罗裙才与丽人般配。一言以蔽之，开头就是写丽人雍容华贵之姿色。

明人钟惺、谭元春《唐诗归》中评说《丽人行》："本是讽刺，而诗中直叙富丽，若深羡不容口者，妙，妙！"也就是说，《丽人行》写富丽，看起来是非常羡慕富丽，赞美的话嘴里都装不下，其实是讽刺。

世间有两种令世俗跪拜的傲慢，一种是权力的傲慢，一种是财富的傲慢。并且，这两种傲慢越是和平年代越显出其夸张与癫狂，因为它们会无缝对接，天然合一，浑然一体，释放出极大的征服力。大唐盛世雍容华贵的背后，必然是这两种傲慢的恣肆横行。对此，普通人顶礼膜拜，思想者则以各自的方式在痛苦中挣扎。所以李白高喊"安能摧眉折腰事权贵，使我不得开心颜"，所以杜甫说"艰难苦恨繁霜鬓，潦倒新停浊酒杯"。这首《丽人行》，即是杜甫"苦恨"之思的结晶。

田园乐（其六）

❖【唐·王维】

桃红复含宿雨，
柳绿更带朝烟。
花落家童未扫，
莺啼山客犹眠。

王维（701?—761），字摩诘，原籍太原祁（今山西祁县），后迁至蒲州（今山西永济）。王维是唐代山水田园诗派的开创者，也是这一诗派的重要代表。王维山水田园诗的一个重要特点是"静"。《田园乐》是王维退隐辋川时所作的一组六言诗，又名"辋川六言"，共七首，这里选取的是第六首。

你能从这第六首中感受到"静"吗？能感受到怎样的"静"呢？

"桃红"是"静"吗？桃花开得灿烂时是很热闹的，但当桃花独自灿烂地开放，没有人去欣赏时，那就叫"寂寞红"了。我们可以想象，桃花寂寞地在早晨开放，并且还有昨晚的雨珠在那红得最艳处闪亮，真的是非常非常寂静啊！

"柳绿"是"静"吗？当绿色的柳枝随风起舞时是很热闹的，但当早晨的烟雾笼罩着一动不动的柳枝时，还有那嫩绿与烟霞相融而默默地生发出一种若隐若现的乳绿色的光晕时，那该是多么

春江帆饱图 【宋·佚名】 方晴 临

寂静啊！

　　花落是安静的，花落满地就更安静了。花落满地时倘有童子打扫，就更是动中显静了。王维写这"静"的更高明处，却是让读诗人空想着花落满地时一人打扫之静境，真的是一种绝美的空静了。

　　更绝美的还在后面呢：桃红静，柳绿静，花落静，忽来一声空山莺啼，真的是空静之中的空静了。就在这空静的空静之中，享受这空静的山客竟还在空静的鼾声之中啊！

　　享受这空静的山客是谁呢？就是那客居山庄的人，就是王维自己啊！

　　王维是诗人，也是画家，"诗中有画""画中有诗"，所以写诗画画都喜欢用叠加渲染法。这首《田园乐》竟有五重叠加，层层渲染。用心体会，看看是否能发现五重叠加。

春晓

❖【唐·孟浩然】

春眠不觉晓，
处处闻啼鸟。
夜来风雨声，
花落知多少。

　　孟浩然（689—740），名浩，字浩然，襄阳人，世称孟襄阳。与王维共同开创唐代山水田园诗派，两人并称"王孟"。

　　《春晓》是孟浩然流传最广的诗，究其原因，除了明白如话外，应当就是它的盎然诗意了。

　　这诗意在哪里呢？许多读本常用一句话就概括了：对大自然的热爱。我认为，这一句概括也是将它盎然的诗意给抹杀掉了。想一想啊，绝大多数写自然景物的诗文，都是可以用这一句来概括的啊！

　　因此，我们是要抛弃这句套话，才能发现它盎然的诗意的。

　　这首诗写了什么？它写春眠（春困之眠）深深→不易醒来→

天已大亮才慢慢醒来→感觉有声音→处处有鸟啼声→再想想昨夜好像还有风雨声→啊，在风雨声中有多少花随风雨而飘落？！概括说，就是写人在暮春时节早晨慢慢醒来时对春天的领会、领悟与感念的过程。它最浓的旨趣是这"春眠""觉""晓"的过程——从"不觉"→蒙眬苏醒→醒→清醒，从此刻的清晰鸟啼声→昨夜朦胧的风雨声→想象中的花落纷纷，两条线构成一个"醒来"与"回溯"的"时间圆"，真是惟妙惟肖！如果我们能用心领会、领悟诗人领会、领悟与感念春天的这一过程，体味诗人那种自然而敏感的生命兴味，体味诗人那种"与天地参""万物并作"的生命存在感，我们也就仿佛进入到了那种"与天地参""万物并作"的生命情境之中。

我们常用荷尔德林"诗意地栖居于大地之上"的名句来表达对"诗意生活"或者说"生活诗意"的渴求，但我们却又常常不明白何为"诗意生活"或者说"生活诗意"，因而总是在渴求中错过甚至拒绝"诗意生活"。用"对大自然的热爱"这一句来概括《春晓》了事，就是这样的一种错过与拒绝。

中华诗篇浩如烟海，但称得上既明白如话又诗意盎然的还真是不太多。因此，像李白的《静夜思》、杜甫的《绝句》（两个黄鹂鸣翠柳）、王维的《鸟鸣涧》、孟浩然的《春晓》、白居易的《赋得古原草送别》、杜牧的《清明》这样的诗，就尽人皆知、尽人皆爱了。

寻胡隐君

【明·高启】

渡水复渡水，
看花还看花。
春风江上路，
不觉到君家。

高启（1336—1374），字季迪，号槎轩，长洲（今江苏苏州）人。他是明初诗人，与刘基、宋濂并称"明初诗文三大家"。

"渡水"是一件很平常的事，"看花"也是一件很平常的事。但"渡水""复""渡水"就不那么平常，"看花""还""看花"也不那么平常。当"渡水""复""渡水"与"看花""还""看花"叠加在一起，就更不平常了。

再与诗作题目中"寻"字联系起来看，我们实际上就是与诗人一起，在经历一次又一次发现：一条溪水又一条溪水，一片春花又一片春花；在这样"复"与"还"的惊喜中，终于找寻到那个隐居在山水深处的朋友了。

溪山水阁图 【宋·李嵩】 方晴 临

　　在讲《春晓》时，我们讲到"生活诗意"和"诗意生活"。像高启这样的"春风江上路"，简直就是"行为艺术"了，用心体味与记录（也不用刻意记录），就是美丽的诗作了。

　　常说好诗被唐人写尽，宋人承唐人余绪，明清诗人就只是唐人的重复了。但高启这首诗却像一流的唐诗，不仅明白如话、诗意盎然，还趣味横生。

送元二使安西

❖【唐·王维】

渭城朝雨浥轻尘，

客舍青青柳色新。

劝君更尽一杯酒，

西出阳关无故人。

唐朝的疆域很大。诗题上的安西，即安西都护府，是唐朝设在最西边的统辖西域地区的首府，在今新疆库车附近。从长安往西走，出敦煌玉门关就是西域。从整体上说，西域地区在当时还是非常荒凉的，所以王之涣的《凉州词》说"春风不度玉门关"。阳关在玉门关之西南，所以称阳关，它与玉门关遥遥相对，是通往西域的南道要塞，位于今甘肃省敦煌市西南。从地理气候条件看，也可以说"春风不度阳关"。

渭城即秦咸阳城，汉改称渭城，今咸阳市东半部，位于唐代长安城的西北。唐时送好朋友往西边走，一般都送到渭城，王维也在此地送别他的朋友元二（姓元，排行第二）。

可以想象，人们一到这样一个似乎是专门的送别之地，其实就已陷入一种伤别的情境之中了。早晨起来，竟发现有雨水湿润了因干燥而飞扬微尘的空气，客舍周围的柳树枝叶像刚长出时那样新鲜，色泽鲜润。"浥"（yì）即湿。一个浥字打湿了灰尘，清晰了离别之景，也湿润了离人之情。

可以进一步想象，送别之人，目睹这样的景象，就差不多要落泪了，因为这是老天有意用"青青""客舍"和"新鲜柳色"，来刺激送别之人的泪腺啊！就在这眼泪欲落未落之时，送别的筵席又来到眼前。

可以再进一步想象，就在"劝君更尽一杯酒"的话音落下时，送别之人落下了伤别之泪；再想到"西出阳关无故人"，伤别之泪就再也止不住地往下流了。

在这样的三重想象中，读这首诗就如同播放一部送别主题的电影了。

《送元二使安西》一经诞生，就很快传唱开来。有名之为"赠别"，有名之为"渭城曲"，有名之为"阳关三叠"。一般都认为，"三叠"就是反复演唱三次。其实，我们不妨从内容的角度猜想一下：上述的三重想象是否也可谓之"三叠"呢？如果在演唱时，每一次突出、强调一重想象，是不是就使得这"阳关三叠"达到了形式与内容的完美结合了呢？

赠范晔

【南朝宋·陆凯】

折花逢驿使，
寄与陇头人。
江南无所有，
聊赠一枝春。

范晔（yè）（398—445），南朝史学家，著有《后汉书》。陆凯（？—504），南朝宋诗人。

文人间赠诗唱和本为常事，但这首诗却写得格外有意趣。

我们知道，古人有折柳送别的习俗，张籍《蓟北旅思》中的"客亭门外柳，折尽向南枝"，说的正是这种习俗的表现。陆凯受这种习俗的启发，将折柳送别发展为折花寄友，可谓别出心裁。

从"折花逢驿使"看，陆凯赠友人之花不是早有准备，而是看到驿使就想到友人时的忽发奇想，由此可见诗人的率性以及对友人的拳拳思念。驿是驿站，驿使就是古代传递公文、书信的人。看到驿使，诗人下意识就想到了心中牵挂的"陇头人"。陇头，即陇山，在今陕西陇县西北，此时范晔在陇山一线从军。细想一

设色山水册页（7）　【宋·马远】　方晴 临

想，就能感觉到，越是率性而为，越发显出对友人思念之深。

从"江南无所有"看，诗人似乎是有意夸张，而稍想一想却又能发现，这其实是一句家常话。赠送别人礼物时，人们常用"无所有"来表达谦逊，但诗人用在这里却是表达真诚的遗憾。

从"聊赠一枝春"看，以蜡梅报春写诗人期待友人在陇头能享受春情春意，更是以跳跃之笔来写对友人的牵挂与祝愿。

因为在平常中生出了新意，后代诗人或仿或用陆凯诗意，如唐代岑参的"马上相逢无纸笔，凭君传语报平安"，宋代黄庭坚的"欲问江南近消息，喜君贻我一枝春"，明代高启的"无限春愁在一枝"等。词人更是以"一枝春"为词牌度曲，如杨缵、张炎等。

与许多大诗人比，陆凯只能说是小诗人。但小诗人的一首小诗，却使自己名字永垂诗史。有道是，历史是公正的。历史老人不会遗忘任何一位赋予历史以历史意义的人。

赋得古原草送别

【唐·白居易】

离离原上草，一岁一枯荣。

野火烧不尽，春风吹又生。

远芳侵古道，晴翠接荒城。

又送王孙去，萋萋满别情。

古代的命题诗一般都在题前加"赋得"二字。这是白居易进京时投献给当时名士顾况的诗作。白居易（772—846），是唐代著名诗人，字乐天，号香山居士，祖籍太原，生于河南新郑。传说顾况一边看诗，一边问白居易的名字，打趣说："米价方贵，居亦弗易。"但当他读到此诗前四句时，不禁叹赏："道得个语，居亦易矣。"诗中的"王孙"本指贵族后代，此处指友人。

王维的《渭城曲》是千古绝唱，白居易的《赋得古原草送别》也是千古绝唱。虽然都是送别诗，但其景其情其境却差异很大。

王维以"渭城"的整体性送别情境和"客舍""柳色""酒""阳关"这些隐含送别元素的特指性事物，共构而成送别意境。

而白居易是以"赋得古原草"来写别情。一看这个题目,"古原"就把我们带入一个阔大辽远的送别情境之中。这一点,与王维先亮出"渭城"的写法相似。但白居易接下来只集中赋"草":从"离离"始,到"萋萋"收,"离离"是青草茂盛的样子,"萋萋"亦形容草木茂盛的样子,以草的茂盛、繁密、永生、历千万劫而永在来写友情的深厚、深远、深长与永在。

"劝君更尽一杯酒,西出阳关无故人"是《渭城曲》不朽的名句,是《渭城曲》成为千古绝唱的重要原因。"野火烧不尽,春风吹又生"是《赋得古原草送别》不朽的名句,是《赋得古原草送别》成为千古绝唱的重要原因。前者以想象朋友从今而后的孤寂来写眼前的极其珍贵,重在"惜别"之"惜",背后是无限的伤感;后者以眼前春草的"又生"之"荣"来写朋友之情的永在,重在"送别"之"送",背后是对永恒友情的歌唱。

同为送别,同因送别而创生的不朽名句,同因送别而创生的经典,但其情趣,其意旨,其言说方式,却迥然有别。在这样的阅读中,我们能更好地理解艺术个性与经典名篇的内在关系:没有艺术个性,就没有经典名篇。

江畔独步寻花（其六）

❖【唐·杜甫】

黄四娘家花满蹊，
千朵万朵压枝低。
留连戏蝶时时舞，
自在娇莺恰恰啼。

　　《江畔独步寻花》是杜甫定居成都草堂时写的组诗，共七首，构成了一幅独步寻花图。这里选取的是第六首。黄四娘是杜甫住在成都草堂时的邻居。

　　第六首写花之多之好。

　　花有多少？"花满蹊"——蹊（xī）就是小路，整条路上长满了花，高高低低，大大小小，乔木灌木，知名不知名，所以是"千朵万朵压枝低"。

　　花有多好？不是少数"压枝低"，是"千朵万朵""压枝低"，每朵花都呈怒放状。这是直接写，还有间接写，一群群飞蝶，嬉戏留恋，时时起舞；一阵阵莺啼，和悦宛啭，自由自在。留连即

仙山楼阁图 【宋·赵伯驹】 方晴 临

留恋，自在即无拘束，这是多么快活恣意的天地。

这就是杜甫要"寻"找的花世界——一个圆"满"的花世界。

读到这样的诗，我就常想，这些伟大的诗人他们到底有一颗怎样的诗心。

人们常说杜甫是诗圣。圣者圣情。何为圣情？就是仁民爱物，以仁爱之心待人接物。读这首诗也让我感叹杜甫真正是一位饱含爱意的圣者。

此时的杜甫是在安史之乱中流落蜀地、寄居成都草堂，生活都难以安顿，但他却能以诗心"江畔独步寻花"，且一写就是七首。尤其是这第六首，以花的怒放、蝶的戏舞、莺的娇啼，将一个自由自在的鲜花世界托出，将一个自由自在的灵魂托出。

是的，没有自由的灵魂，就没有有仁有爱的诗心，就没有有性有灵的诗章。正是在任何情境中都保有自由的灵魂，至少是保有渴求自由的灵魂，杜甫才写出了"会当凌绝顶，一览众山小""两个黄鹂鸣翠柳，一行白鹭上青天""即从巴峡穿巫峡，便下襄阳向洛阳"等这类灵魂飞升的诗句。

苔（其一）

❖【清·袁枚】

白日不到处，
青春恰自来。
苔花如米小，
也学牡丹开。

袁枚(1716—1798)，字子才，号简斋。钱塘(今浙江杭州)人。

因《经典咏流传》的咏唱，袁枚的《苔》迅即走红。一时间，说《苔》成为时尚。现在更常有人以"苔"自喻自嘲，以为自己像苔一样卑微，微不足道。其实，这是对《苔》的误解。

在袁枚诗笔下，苔虽卑微却高贵，殊可道也。

首先，没有阳光，没有雨露，没有和风，苔却在春天到来时开出自己的花来。

世间万物生来就有差异，正是这差异构成了大千世界。苔生于阴暗潮湿之处，它的生长环境决定了它的卑微。但苔的生命深处有在春天到来之时开花的基因，开出如米的小花来，就是苔自我生命光华的映现。相反，如果在春天到来之时不能开出花来，就是生命的遮蔽与掩埋。这样，我们可以将"恰自来"理解为生命依靠自我生命的原动力而绽放生命光华的一种必然性力量与时空。苔彰显了这种力量，拥有了这样的时空，所以卑微而高贵。

任何生命，只有彰显了这种力量，享有了这样的时空，才可进入高贵之列。而真正能尽气尽才地彰显这种生命力量、享有这种生命时空的是自然生命，社会生命体要远逊于自然生命体。

其次，苔花如米小，也学牡丹开，这里不是羡慕嫉妒恨，而是开出自己的灿烂，开出最美的自己。

世间最多羡慕嫉妒恨，皆因多在势利中。人一旦落入势利网，就会越网越紧，不得挣脱，所以世间少有不在名利场中沉浮者，少有不在面子里子中挣扎者。苔不与牡丹争国色，不与牡丹竞天香，但学牡丹灿烂自我，美丽自我，尽显苔生命的自我风华。因此，苔以苔花成苔，苔以苔花高贵，苔以苔花富贵，苔以苔花尽显苔生命的尊贵。

最后，袁枚倡导"性灵"，是清代"性灵派"的重要代表，为人、为诗、为文皆"性灵"。

在"性灵"之中，就少有甚至没有世间的束缚。正因为如此，袁枚才能发现苔以苔花尽显苔生命的尊贵。虽然苔是古代诗人笔下的常客，但多为环境的点染与意境的烘托，像"应怜屐齿印苍苔，小扣柴扉久不开""蓬头稚子学垂纶，侧坐莓苔草映身""返景入深林，复照青苔上""百亩庭中半是苔，桃花净尽菜花开"等，皆是如此；而真正发现苔生命的真实，以苔为主角，以苔为诗的主体，并表现这种主体性意义的是袁枚。在诗人袁枚的笔下，苔才真正成为苔。这让我想起了郁达夫呵护的"落蕊"。从这个角度说，袁枚是卑微生命的至尊礼赞者与守护者，可与任何一位高喊"现代性"的作家媲美。

诗写了几千年，写到袁枚，才写出苔的真实生命；袁枚的《苔》沉寂了几百年，在倡导尊重每一个生命体的二十一世纪，才又忽然被发现。可惜的是，今天我们发现了《苔》，却又离苔如此之远。真的令人叹惜啊！由此也可见，生命高度觉醒，既自重亦他重时代的到来，还离我们很远很远。

从语文教师的角度再多说一句，今天我们都在喊关注并尊重每一个学生的发展，事实上更多的时候却是与此相反的。

相思

❖【唐·王维】

红豆生南国，
春来发几枝？
愿君多采撷，
此物最相思。

　　相传汉代的南方有一男子被强征戍边，死在边陲，他的妻子就天天在村前的树下哭泣，泣尽而死。路边树上忽然结出果实，半红半黑，晶莹鲜艳。人们认为这果实是这位妻子相思的血泪凝成，称它为"红豆"，呼它为"相思子"。后来，这种生长于岭南地区的，结籽像珊瑚，晶莹红润的植物——红豆就成了表示相思的意象，常被诗人写入诗中，来表达对情人或朋友的思念之情。

　　王维这首诗就是借红豆寄托对朋友的思念之情。王维是我们熟悉的唐代诗人、画家。苏轼说："味摩诘之诗，诗中有画；观摩诘之画，画中有诗。"这首诗也巧妙地营造了画境：诗人问朋友春天来了，红豆树开花了吧？开了几枝花啊？然后又进一层想象着说，你一定要多采摘几颗红豆啊！那每一颗红豆都有我一个深深的思念啊！采撷（xié）的动作仿佛融进了想象的画面中，相思之情也全在指间。

有的版本"春来发几枝"写作"秋来发几枝"，因为红豆春天开花，秋天果实成熟，这样看，诗人问的就是：秋天到了，红豆成熟了吧？有多少枝头结出了成熟的果实啊？这样似乎更符合"红豆"的实情，一是时间相合，一是红豆结果很不易，有的树几十年才开花一次，开花后也不一定结果。

但合符实情未必更富有诗意，所以人们还是更愿意接受"春来发几枝"：表层是春花烂漫，更富浪漫气息；里层是自春花到秋实，成年累月的等待与煎熬，更显思念之久、之深、之切。

人常说，作诗宜曲不宜直，但也不是绝对的。像"此物最相思"，再像"最是一年春好处"，都是直白之语，却都是点睛之笔。

当形象已经饱满，当委婉已无空间，直截了当，击中要害，便成绝响。"此物最相思""最是一年春好处"，便是这样的绝响。

游山西村

❖【宋·陆游】

莫笑农家腊酒浑，丰年留客足鸡豚。

山重水复疑无路，柳暗花明又一村。

箫鼓追随春社近，衣冠简朴古风存。

从今若许闲乘月，拄杖无时夜叩门。

　　陆游（1125—1210），字务观，号放翁，越州山阴（今绍兴）人。他是南宋诗人，产量极丰。他的诗作数量超过了以前任何一位诗人，有9000多首。

　　陆游这首诗能千古流传，最大的原因恐怕就是"山重水复疑无路，柳暗花明又一村"这一名句了。

　　这一名句首先当然是这首诗的整体中的重要部分，使全诗"游"趣盎然。

　　农家有酒，有鸡，有豚（tún）（小猪，诗中代指猪肉），令人思之念之，于是翻几重山，渡几蹚水去拜访；但走着走着，好像没有了路，而正感觉无路可走之时，那个令人思之念之的山西村却又在眼前的柳暗花明之中显现出来了。走进这山西村，进一步发现，临近春社日，农人们"箫鼓追随"，即吹箫打鼓，来来往往，好不热闹，他们"衣冠简朴"，有"古风"的遗韵。

我们看，"山重水复疑无路，柳暗花明又一村"一句，不仅落实了题目中的"游"字，呈现了明显的"游"踪，而且呈现了"游"的妙趣：曲折之中前行，曲折之中生疑，曲折之中释疑，暗处有明，明处得村。

这一名句还可以从诗中独立出来，因为它具有普遍真理的品格，可用来表达许多具有相类特征的事物。如人们从事某项工作，探讨某个问题，常常会因"山重水复""千岩万转"而生疑虑，但咬紧牙关，不畏艰险，摸索前行，又常常会"柳暗花明"，发现新天地。

我们听说过"有句无篇"的话，是说只写出了好的句子，没有完成好的篇章。经典名篇则不同，既有名句，而且名句又与全篇融于一体，像《赠范晔》《送元二使安西》《赋得古原草送别》，等等，莫不如是。而像《游山西村》"山重水复疑无路，柳暗花明又一村"这样，还能成为全诗的诗思意脉"线索"的却不多见，非常难得。

泊船瓜洲

❖【宋·王安石】

京口瓜洲一水间，

钟山只隔数重山。

春风又绿江南岸，

明月何时照我还。

　　这首诗是王安石52岁第二次拜相时，途经瓜洲所作。瓜洲在扬州南郊，今扬州市南部长江边，京杭运河分支入江处。他由江宁（今南京）出发，顺长江直下，抵达京口（古城名，故址在江苏镇江市），然后辗转瓜洲，入运河抵都城汴京（今开封）。

　　诗中写他从瓜洲眺望长江对岸的京口，再回望西南的钟山（即今南京紫金山）。看到满眼的江南春色，想到什么时候重回江宁。王安石本是江西临川人，17岁时随家人定居江宁，后终老江宁，可以说，江宁是王安石第二故乡。

　　这首诗一经产生，就传遍天下。

　　一是意境邈远。瓜洲→长江→京口→数重河山→钟山→江南岸，在春风吹拂之中、明月朗照之下，视域层层推演，绿意不断延展，气象随之廓大再廓大。读者随着诗意的展开也逐步融入无

幽溪听泉图 【宋·丁野夫】 方晴 临

边的春潮之中，真正是言说有尽而意蕴无穷。

二是"绿"字传神。相传王安石创作时，初写"春风又到江南岸"，圈去"到"字后批注"不好"；改为"过"字，又圈去；再改为"入""满"……最后定为"绿"字。"绿"字之妙，既与春色相契，更与春色随春风的抵达相契；不仅是状写春天的形貌，而且生成春天的形貌。王安石是大诗人，他创作诗歌追求精益求精，常常一改再改，是"炼字"的"超模"。

三是音韵晓畅。全诗不仅押"an"韵，而且四句全押"an"韵；不仅四句全押"an"韵，而且四句中还夹杂有多个后鼻音音节，如"京""钟""江""明"。这样，28个字在前后鼻音的错杂中展开，真正是回环往复，"嘤嘤成韵"。高昂中有低回，低回中有圆润，圆润中生怅然。

读者不妨再找一找，看看像《泊船瓜洲》这样音韵的诗还有哪些。恐怕很难找到了。

清平乐·春归何处

❖【宋·黄庭坚】

春归何处。寂寞无行路。

若有人知春去处，唤取归来同住。

春无踪迹谁知，除非问取黄鹂。

百啭无人能解，因风飞过蔷薇。

清平乐（yuè），词牌名，又名《清平乐令》《醉东风》等。

惜春在古诗词中是一个很常见的主题，比较下来，可以看到宋代词人写得最多，但黄词可谓独具特色。

我们都会唱《春天在哪里》，黄庭坚这阕《清平乐》则可以说是千年前的《春天在哪里》了。

你看，词人一上来就问，春天回去了，它到哪里去了呢？它的家在哪里呢？但放眼一看，眼前只有一片无声的寂寞，根本看不到春天回家的路。于是词人又想，如果有谁知道春天的去处，就请他呼唤春天回来一同住下吧。但是春天无影无踪，没有谁知道它在哪里。词人转念又一想，也许，不，就是，黄鹂鸟是知道的。对，除非去问黄鹂，否则没有谁能告诉自己。黄鹂倒是解得人心的，就用它那宛转动听的鸣叫报告春的消息，只可惜没有谁能听得懂这解人又恼人的鸟语。于是，黄鹂也有那么一点点不耐烦，便顺着风飞过蔷薇无影无踪了。春天到底在哪里呢？最后似乎也不得而知，词人不知，读者也不知。

读完这阕词，我们好像和词人一起同春天捉了一次迷藏。只是，平常的捉迷藏总是有最后的结果，但这次却没有。这样，我们就在一种无限惋惜中，与词人一起经历了一次惜春游戏，心上也生出了对春归去而无行路的一重深深的惋惜来。

最后我想问，那个被蒙住眼睛的是诗人呢，还是你呢？诗人其实是被夏天蒙住了眼睛，你呢，是被诗人蒙住了眼睛吧！

溪山行旅图 【宋·范宽】 方晴 临

夏

"牧童骑黄牛，歌声振林樾。意欲捕鸣蝉，忽然闭口立。"

这首诗叫《所见》，所见真是一派自然。

牧童骑牛，一自然；牧童牛背上放歌，二自然；歌声在林樾间回响，三自然；树上有蝉鸣，四自然；想要捉鸣蝉，五自然；忽然闭住嘴，六自然；站着一动不动，七自然。

在四季之中，夏是"最自然"。这自然背后，是一派天真，真正是无一丝遮掩，天然率真，真趣盎然。盎然之中，竟也是一派空无安静。

立夏

❖【宋·陆游】

赤帜插城扉，东君整驾归。

泥新巢燕闹，花尽蜜蜂稀。

槐柳阴初密，帘栊暑尚微。

日斜汤沐罢，熟练试单衣。

　　立夏是农历二十四节气中的第七个，夏季的第一个节气。

　　今天我们对立夏没有什么特别的感受，但对古人来说，立夏是一个非常特别的节日，因为立夏意味着万物进入长"大"的时候。夏，就是大。立夏，表面意义是进入夏天，深层意义是万物开始长大。在农业文明时代，万物长大，尤其是庄稼长大，是人们的普遍期待。《礼记·月令》载：立夏之日，天子"乘朱辂（辂，车），驾赤马，载赤旂（旗），衣朱衣，服赤玉"，"天子亲帅三公、九卿、大夫以迎夏于南郊"，"乃命乐师，习合礼乐"，以表达对丰收的祈愿。正因为有这样的期愿，所以全国各地都有各种立夏的习俗，如尝新、斗蛋、秤人等。秤人游戏背后隐含的也是长大的意思。

立夏是一个很具有标志意义的节日，所以陆游的这首《立夏》选取了一些很有标志性的事件来写。赤帝与东君，今天我们看作神话人物，而在古人心中，他们是真实的存在，只是他们住在天上，不在人间，但他们主管着人间的一切。东君是太阳神，春天由东君主管，赤帝是火神，夏天由赤帝主管。所以诗作一上来就说，赤帜（赤帝的旗帜）插上了城门，东君驾着青龙回去了。接着就选取"燕闹""蜂稀""阴初密""暑尚微""日斜汤沐（傍晚时洗热水澡）""试单衣"这些人间事件来呈现立夏这天的情景。你看，"槐柳阴初密，帘栊暑尚微"，槐树柳树的枝叶初成阴，帘边栊（窗棂木，指窗子）边的暑气尚微，可谓天上人间，流转有序，有声有色有温情。

　　读这首诗，一直对"日斜汤沐罢，熟练试单衣"有一种特别的感觉。洗完澡，试试新衣，看这量身定制的新衣是否合适。那种对夏天到来的企盼，对新生活的热望，都体现在这一"试"之中。再联想到这是一位年届八十的诗人的生活表达，真的让我们感叹：心中有诗，生活即诗。难怪他一生写下了9000多首诗词。

初夏游张园

乳鸭池塘水浅深，

熟梅天气半阴晴。

东园载酒西园醉，

摘尽枇杷一树金。

【宋·戴复古】

戴复古（1167一?），字式之，自号石屏、石屏樵隐，天台黄岩（今属浙江台州）人，南宋诗人。晚年总结诗歌创作经验的《论诗十绝》影响较大，其中"须教自我胸中出，切忌随人脚后行"道出了作诗的真谛，一直为人们所引用。

《初夏游张园》显示出了"自我胸中出"的真切。

一年中最有色彩感的时节是初夏与深秋。初夏是欲彰未彰，彰而不著；深秋是欲敛未敛，欲罢不能，欲说还休。

《初夏游张园》就大体呈现了初夏那种"欲彰未彰，彰而不著"的色泽特征。

鸭是乳鸭，是毛绒绒的嫩黄色；水是池水，是偶有深处的浅

飞阁延风图 【宋·王诜】 方晴 临

池水，也是透着暖性的鹅黄色；梅是熟梅，红梅之上是翠绿的叶子，时晴时阴中红绿相生，时而青红，时而青灰；只有枇杷是成色十足的金黄，但当我们将这金黄置于整个园子之中，甚至置于更大的天地之中时，我们就能鲜明地感觉到，这初夏的色泽是走向饱满的初始，它需要经过夏天的盛大的墨绿，才能抵达秋天盛大的金黄。

当然，这走向饱满的初始是轻健快捷的，这也正是戴复古追求的诗风。他说："诗本无形在窈（yǎo）冥，网罗天地运吟情。有时忽得惊人句，费尽心机做不成。"轻松快捷不用费尽心机，费尽心机也做不成。从另一个方向说，这种诗风也正与这初夏的色泽相吻相契，相得益彰。

阮郎归·绿槐高柳咽新蝉

❖【宋·苏轼】

绿槐高柳咽新蝉，熏风初入弦。

碧纱窗下水沈烟。棋声惊昼眠。

微雨过，小荷翻，榴花开欲然。

玉盆纤手弄清泉。琼珠碎却圆。

　　阮郎归，词牌名。作者苏轼（1037—1101），字子瞻，又字和仲，号东坡居士，眉州眉山（今四川省眉山市）人。他是北宋著名文学家、书法家。其诗与黄庭坚并称"苏黄"；词与辛弃疾并称"苏辛"；文与欧阳修并称"欧苏"，为"唐宋八大家"之一；书法与黄庭坚、米芾、蔡襄并称"宋四家"。

　　写这阕词时，苏轼的心情一定非常美。你看，他将初夏时节能找到的最美的元素都找来了：绿槐、高柳、新蝉、熏风、碧纱、水沈（指水沉：一种木香料，又名水沉香）、棋声、昼眠、微雨、小荷、榴花、玉盆（指荷叶）、纤手、清泉、琼珠。关键是，他能将这些元素如此融洽地统一起来。

想一想，苏轼是怎样统一起来的呢？

上阕用一个"惊"字。一个"惊"字，就惊醒了"昼眠"人。假如主人不被惊醒，一切都不被感知，既看不见，也听不到，这些美的元素也就不被主人发现了。

下阕用了一个"弄"字。不是我苏轼"弄"，是我苏轼让"纤手"弄。这"纤手"不是我苏轼的手，是那个如"榴花开欲然"的女子的手。读到这里，我们明白了，苏轼是将初夏写成了一个如"榴花开欲然"的女子，或者说是用一个如"榴花开欲然"的女子来写初夏，或者说两者相得益彰。这里的"然"通"燃"，石榴花盛放如焰，这女子想必也是明艳之至，这就是初夏的感觉。这让我们想起崔护那"人面桃花相映红"的春天。

更妙的是，这种感觉，苏轼全融进了上阕那个"弦"字。古有《南风歌》，有"南风之熏兮，可以解吾民之愠兮"之句，歌唱南风之功。苏轼这里写"熏风初入弦"，熏风就是南风，夏天来到了，又可唱起《南风歌》了，我苏轼这阕《阮郎归》词就是歌唱这"熏风"的归来啊！"熏风"归来了，那个如"榴花开欲然"的女子就归来了！那归来的女子就是我的夏歌了！

读苏轼这阕词，总想起"天人合一"四个字，更理解了文学家心中的"天人合一"。它不是儒家的"天"与"人"的和谐，也不是道家的"人"向"天"的回归，而是苏轼心中的"天"与"人"的浑然为一。

客中初夏

❖【宋·司马光】

四月清和雨乍晴，

南山当户转分明。

更无柳絮因风起，

惟有葵花向日倾。

农历四月，天气清和。雨水过后，南山分明可视。曾经在春天因风而起的柳絮，此时早已无影无踪；只有那葵花独自向着太阳。

司马光的初夏与戴复古的初夏是多么的不同啊！戴复古的初夏是"欲彰未彰，彰而不著"的轻松快捷，司马光的初夏却是南山、葵花和太阳构成的清和静穆。

为什么会有这么大的差别呢？如果说戴复古是融于天地万物之中而沉醉，那司马光就是独立于天地万物之外而清醒。因此，戴复古的诗是写自然之自然，而司马光则是写"我"之自然；戴复古是没有机心的诗心，司马光是有诗心的明心。

司马光的明心是什么？司马光（1019—1086），字君实，号

花坞醉归图 【宋·佚名】 方晴 临

迁叟。陕州夏县（今山西夏县）人。他是北宋政治家、史学家。他曾因反对王安石变法而避居洛阳十五年，客中就是客居之中，他于洛阳只是一个旅人。现在王安石变法失败，新法被废，他也被哲宗启用。这首诗正是此时此刻的司马光心明眼亮的自我感觉的呈现。

其实，四月天就像戴复古所写的"半阴晴"那样，真正的纯色清明是很少的。司马光能写出这样纯色清明静穆的初夏诗，是他的心中已然清明静穆，所以眼中一片清明，笔下一片静穆。

那我们就要问，是戴复古的"半阴晴"真切，还是司马光的"转分明"真切呢？其实，若不拘泥于"科学"之真而融通于艺术之真，那这两种真切是可以并存的。

北窗

❖【宋·黄庭坚】

生物趋功日夜流，

园林才夏麦先秋。

绿阴黄鸟北窗簟，

付与来禽安石榴。

　　今天人们对北窗不会有什么特别的感受，但古人对北窗却很是依恋。因此，诗作中也就是常客。《全唐诗》出现73次，《全宋诗》出现190多次。

　　为什么？除了夏天纳凉的实用功能，更有高远的审美寄意。

　　我们看陶渊明这么说："见树木交阴，时鸟变声，亦复欣然有喜。尝言五六月中北窗下卧，遇凉风暂至，自谓是羲皇上人。"（《与子俨等疏》）夏天，躺在北窗下，看树木交阴，时鸟变声，又逢凉风吹拂，那就像远古的高人那样悠闲自得，怡然自乐。"羲皇上人"就是伏羲氏以前的人，即太古的人。古人常用它来形容无忧无虑、生活闲适的人。

再看白居易这么说："今日北窗下，自问何所为。欣然得三友，三友者为谁？琴罢辄举酒，酒罢辄吟诗。三友递相引，循环无已时。"（《北窗三友》）夏天，在北窗之下，弹琴、饮酒、吟诗，何其惬意！

还有王安石、陆游等许多诗人都写过"北窗"。"北窗"在这些诗人的心中，是安放自己灵魂的地方，特别是在夏天。

黄庭坚这首《北窗》是否也有这样的意味呢？

诗作说：生物，无论是动物，还是植物，都用自己的方式在生成、繁衍、变化，就像水流一样日夜不停歇。你看，园子里的草木正生机勃勃地向上长，田野的麦子却转向一片金黄的秋色。来禽，也称林檎、沙果、花红，因味甘甜能招来禽鸟而得名。安石榴，即石榴，因为是从西域安息传来，所以又称安石榴。火红的花果与绿荫、黄鸟相映成趣，这是夏天的颜色。既然万物的生成、繁衍、变化都有其自在性，都是不以人的意志为转移的，既然现在是夏天，那就将心情都付与这北窗下的簟（diàn）子（竹席，凉席）、绿荫、黄鸟、红花、石榴吧！与簟子、绿荫、黄鸟、红花、石榴一起享受这夏的生长吧！

这叫依时而动，顺势而为。

顺便提及的是，"北窗"的地位在宋词中已被"西窗"所取代。《全宋词》中，"西窗"出现92次，"北窗"出现32次。为什么？与诗相比，词多了一重"儿女情长"。"西方"是美人所居之地（《诗经·邶风·简兮》："彼美人兮，西方之人也"），"西窗"是古代女子居室的指代。因此，抒闺情者多言"西窗"。想一想，"西窗"言情的第一个标杆应当是李商隐《夜雨寄北》（"何当共剪西窗烛"），其高峰应当是王实甫的《西厢记》（"待月西厢下，迎风户半开。隔墙花影动，疑是玉人来"）了。

闲居初夏午睡起（其一）

❖【宋·杨万里】

梅子留酸软齿牙，
芭蕉分绿与窗纱。
日长睡起无情思，
闲看儿童捉柳花。

　　诗题叫《闲居初夏午睡起》，所写完全是一些闲情。这真的是一首"闲"诗啊！

　　午睡前吃了梅子，睡醒后牙还是酸的，齿还是软的。这也值得写到诗里来？

　　芭蕉慢慢绿起来了，绿得还要把溢出的色彩分给白色的窗纱，使得白色的窗纱也隐隐地显出一些绿意来。这好像有那么一点诗意了。

　　白天一点点长起来，午睡过后困意还在，让人无精打采。这也难说什么诗意吧。

　　了无意趣，那就看看那些小孩子一惊一乍地追逐柳花的快乐劲儿吧。这似乎又有那么点诗意了。

　　全诗四句，就在这诗意有无之间，若有若无之间，一个天真烂漫的诗人形象地站立起来了。尤其是那最后一句，将读者也带

柳溪卧笛图 【宋·梁楷】 方晴 临

入到了一个充满童趣的空间。

　　"闲"诗写"闲"情。"闲"情最是无情，又最是有情。当你只当作无聊而无趣，自然也就无情了，那就更不可能有诗意了；但当你捕捉到了，于无聊处得有趣，于有趣处生心情，那就可能是诗情了。这就是"闲情诗"。

　　常言道，愤怒出诗人。其实我们还要补充一句，闲情也识诗人趣。杨万里这首诗就是一个证明：于"无情思"处生发"闲"情，于"闲"情处生发诗心，将诗心分与梅子，分与齿牙，分于芭蕉，分与儿童，分与柳花。于是，看似无聊无趣的生活竟也诗意勃勃。

　　让我们记住这位可爱的诗人吧。杨万里（1127—1206），字廷秀，号诚斋，吉州吉水（今江西）人。与尤袤、范成大、陆游并称"南宋四大家"。宋光宗曾为他亲书"诚斋"二字，人们又称其为"诚斋先生"。

小满

【宋·欧阳修】

夜莺啼绿柳，

皓月醒长空。

最爱垄头麦，

迎风笑落红。

小满是二十四节气的第八个，夏季的第二个节气。此时，小麦等农作物的籽粒开始灌浆饱满，但只是小满，还未大满。小满是现状，大满是期待。从小满走向大满，还有半个月。这半个月，如果水分充足，天气晴好，小麦自然就会丰收。

欧阳修这首《小满》意在此又不在此，不在此又似在此，真是写得极熨帖。让我们明白了，诗在生活中，又不在生活中，不在生活中，又一定在生活中。

我们就来看看"皓月醒长空"这一句吧。

"皓月醒长空"，真是极干净、极清洁的诗。

"皓月"，最明亮的月。"皓"的本意是说太阳出来一片光明，后来似乎专门用来形容月亮光明了，也许就是因为有一种月亮太明亮，只有用形容太阳明亮的"皓"才足以形容它吧。我们看，谢庄《月赋》说"愬（sù）皓月而长歌"，李白《友人会宿》中说"皓月未能寝"，范仲淹的《岳阳楼记》中说"皓月千里"……这"皓月"都是最明亮的月。

"长空"，最高远的天空。像欧阳修在另一首《水谷夜行寄子美圣俞》诗中说"高河泻长空，势落九州外"，像辛弃疾在《太常引》中说"乘风好去，长空万里，直下看山河"，像毛泽东在《沁园春·长沙》中说"鹰击长空，鱼翔浅底，万类霜天竞自由"……这些"长空"，同样都是最高最远的天空。

在最明亮的"皓月"与最高最远的"长空"之间，嵌一"醒"字，这诗就有了任你怎么去想象都难以想象得到的那种无与伦比的大诗魂了。我们可以试想，是"皓月"使"长空"醒了，还是"长空"使"皓月"醒了，还是"皓月""长空"使诗人醒了，还是诗人使"皓月""长空"醒了，还是那诗神使得"诗人""皓月""长空"一起醒了，还是有一种更大的力量使诗神醒了……这样一想，我们就多少能感觉得到，这个"醒"字与"皓月"之纯白之清亮，与"长空"之无纤维之尘滓无丝毫之阻碍，是多么契合啊！

这样，这个"小满"之垄头麦啊，如何能不满脸笑意？何况还是伫立在这温度、湿度、亮度所合成的无可比拟的舒适度的夏夜的微风之中呢？

无法知道欧阳修写下这首诗时的心情，但他将陇头麦与夜莺、绿柳、皓月、长空、落红这些极美丽的意象融合在一起时，潜意识中那天天食用的麦子一定是有超越日常的神性的。

四时田园杂兴（选一）

❖【宋·范成大】

梅子金黄杏子肥，
麦花雪白菜花稀。
日长篱落无人过，
惟有蜻蜓蛱蝶飞。

　　春季诗中，我们讲到过范成大。讲到了他的《四时田园杂兴》组诗，讲到了他的诗作季节感非常强。这里选取的是夏季诗，是组诗中的第二十三首，也是一首季节感非常强的诗。

　　你看，"梅子金黄杏子肥"，"黄"是色泽，"金黄"是成色十足的黄；"肥"是质量感，且是最满的质量感。单独说"金黄"，因没有特指恐怕一般人都没有什么太特别的感受，但说"梅子金黄"就可产生梅子的形象感及味觉感，再配以"杏子肥"的"肥"，梅子与杏子相得相生，这样就有了那种丰盈、丰沛、丰润的满心喜悦感。

　　再看"麦花雪白菜花稀"，"白"也是色泽，"雪白"是成色

柳荫高士图 【宋·王诜】 方晴 临

十足的白；"稀"是空间感，它可以用来写清冷、寂寞、孤郁，但在这里却是恰到好处地突显了"麦花雪白"。正因为"菜花稀"，人的视觉就自然被"雪白"的麦花所吸引。

后两句中的"过"与"飞"再给这安静的满足感增添一份活力，篱落即篱笆，蛱（jiá）蝶是一种形体较大的蝴蝶。虽然"无"与"惟有"貌似有一点点遗憾，而实际上却是在对比中将安静感做足了。

自然从来都是无限丰富的，是否能感受得到关键就要看是否有丰富的感受力。感受力来自哪里呢？来自听觉、视觉、嗅觉、触觉、味觉及这些感觉的综合，也就是心觉或者说直觉。

读范成大的《四时田园杂兴》，我们能充分地体会得到季节感受力的意义。

浣溪沙·端午

【宋·苏轼】

轻汗微微透碧纨。
明朝端午浴芳兰。
流香涨腻满晴川。

彩线轻缠红玉臂，
小符斜挂绿云鬟。
佳人相见一千年。

　　端午，即端午节，农历五月初五。端午节与春节、清明节、中秋节为中国四大传统节日。2009年9月，联合国教科文组织正式审议并批准中国端午节列入世界非物质文化遗产，成为中国首个入选世界非遗的节日。

　　今天我们过端午节，好像就是吃个粽子而已，而古人对端午节非常重视，其文化内涵也非常丰富。这只要从其别名竟有二十多个就可见一斑了：端午、端阳、重五、重午、天中、夏节、菖节、蒲节、艾节、龙舟节、浴兰节、屈原日、龙日、午日、灯节等，每一个名称都有很丰富的意义。

　　当然，"端午"是第一称呼。为什么叫"端午"呢？"端"是初、始的意思。一月有三个"五日"，初五就是"端五"。古人以天干地支纪时，正月为"寅月"，依十二地支"子丑寅卯辰巳午未申酉戌亥"顺序推算，五月就是"午月"。这样，人们就将午月初五特称为"端午"，其完全含义应当是"午月端五"。

从苏轼这阕《浣溪沙·端午》中也可以略约看到，宋代人是怎样隆重地过端午节的。

要穿上好的衣服。什么是"上好"的呢？一是合时，二是合身，三是合气质，四是合氛围。这"碧纨（wán）"就是年轻女子们需要穿着的"上好"衣裳，它是绿色薄绸，它薄，它轻，它透，它靓，它让这年轻女子与仲夏之初的天光云影、氤氲气度相得相彰。

要用芳兰沐浴。这个兰不是今天一般的兰花，是泽兰，它既是香料，也是药材。芳兰浴有活血通经的功效，尤其适宜于仲夏之时助推人的生理扩张。

还要缠彩线，挂小符，以驱瘟避邪。古人以为，此时瘟邪之气会随着阳气的升腾而活跃起来，因此要缠彩线、挂小符来驱避。今天人们过端午还在大门口插菖叶、艾叶也是这个意思。

最重要的是，在这一天，人们要许下一个大大的心愿，祈愿过上美满幸福的生活。苏轼的心愿是"佳人相见一千年"。这是伟大的爱情诺言！一千年的约定啊！想一想，苏轼生于1037年，卒于1101年，距今竟是一千年！我说，一千年的约定，真的是很伟大！

"浣溪沙"是词牌名，其调明快，深受词人喜爱。苏轼更是喜欢，300多阕词中，就有50多阕《浣溪沙》。

小池

【宋·杨万里】

泉眼无声惜细流，
树阴照水爱晴柔。
小荷才露尖尖角，
早有蜻蜓立上头。

　　前面讲《闲居初夏午睡起·其一》时，我们讲到"闲情诗"，讲到"闲"情最是无情，又最是有情，讲到杨万里于"无情思"处生"闲"情，于"闲"情处生诗心。于是，看似无聊无趣的生活竟也诗意勃勃。这也可以说是把日子过成诗吧。这首《小池》同样可看作此一类诗了。但因为"小荷才露尖尖角，早有蜻蜓立上头"两句太精彩了，以至于人们常常将这首诗的这个特点给遗忘了。

　　也许，在今天人们的眼里，"小池""泉眼""树阴""小荷""蜻蜓"，可能多少有那么一点点新鲜感。但在农业文明时期，在宋代这个人类农业文明的兴盛时期，什么"小池"，什么"泉眼"，

沙汀烟树图 【宋·惠崇】 方晴 临

什么"树阴"，什么"小荷"，什么"蜻蜓"，真的是极寻常之物了。可以说是年年此日、岁岁今朝了，且触处皆是。但杨万里真的可以说是永葆赤子之心的诗人，竟能于这寻常之物中，于这熟悉的地方，发现极美的风景。

我们不去说"小荷才露尖尖角，早有蜻蜓立上头"这名句背后的哲理，只说这"小池""泉眼""无声""细流""树阴""照水""晴柔""小荷""蜻蜓"，它们共构而成了一个多么安静、多么清静、多么静谧的优美境界啊。"惜"即是"爱"，这样的境界是必定让杨万里这样喜欢"闲情"的诗人"惜"之"爱"之的，也是必定让喜欢"闲情"的读者"惜"之"爱"之的。

从写作的角度说，也只有在这极静谧的"闲景"之上，才可能彰显这蜻蜓立小荷的效果。若是在热闹之中，在噪动之中，人们是极难发现蜻蜓立小荷的，恐怕蜻蜓也难以立住于小荷之上吧。

采莲曲（其二）

❖【唐·王昌龄】

荷叶罗裙一色裁，
芙蓉向脸两边开。
乱入池中看不见，
闻歌始觉有人来。

采莲，或采莲花，或采莲蓬（莲房），是一项日常的农事，也是自古就为诗人所喜爱抒写的一种诗事。采莲是中国古代众多农事中与诗事合一的"诗意生活"方式的重要一种。

从《诗经》始，"莲"就成了诗人寄情托意的物象。如"彼泽之陂，有蒲与荷。有美一人，伤如之何？寤寐无为，涕泗滂沱"（《诗经·陈风·泽陂》），如"制芰荷以为衣兮，集芙蓉以为裳"（《离骚》），如"涉江采芙蓉，兰泽多芳草。采之欲遗谁？所思在远道"（《古诗十九首》）……

到唐代，这种"诗意生活"的方式越发精致了，王昌龄这首诗则是这种精致的一种呈现。王昌龄（698—757），字少伯，河东晋阳（今山西太原）人。他是唐人绝句写得最好的，被誉为"七绝圣手"。我们看看他是怎么写采莲的——

你看，采莲有特别的采莲装，那是由轻软有孔的丝织品制成的"罗裙"，那是用和荷叶同一颜色的衣料剪裁而成的绿罗裙。穿上这种采莲装的女孩子有特别的容颜，那是与芙蓉一样的面容。与芙蓉一样面容的女孩还有特别的歌声，那是能将莲叶、莲花、采莲人与天地完全融合的歌声。

《礼记》中说人是"食味。别声。被色而生者也"。意思是说，人是懂得好味、辨得好声、享得好色的一种精灵。所以《礼记》中按一年十二个月，有"十二食""十二管（声）""十二衣"的叙述。想一想，生活中这种区别似乎大体上是一直存在的，但能达到王昌龄这首《采莲曲》所写的这种天地人和的精致还是极少见的。

今天呢？在一些特殊场合，如舞台上，如影视剧中，或许还能看到类似精致的演绎，但那是表演，不是真实的生活。

荷尔德林说："诗意地栖居于大地之上。"这首《采莲曲》所呈现的也应当是一种诗意的栖居吧。我不认为是王昌龄的艺术加工，而应当是一位杰出诗人对诗意生活的诗意发现与诗意呈现。

如果一定要说有艺术加工，那就是他去除了芜杂，提取了"一色"：荷叶与罗裙一色，芙蓉与人脸一色，实际上就是人与自然一色。这种一色因歌声而分，也因歌声而成。这歌声既是采莲女歌唱的《采莲歌》，也是王昌龄创作的《采莲曲》。

夏至过东市二绝（其一）

❖【宋·洪咨夔】

插遍秧畴雨恰晴，

牧儿顶踵是升平。

秃穿犊鼻迎风去，

横坐牛腰趁草行。

　　夏至是二十四节气的第十个，是夏季的第四个节气，是北半球正午太阳高度最高的一天，也是北半球白昼时间最长的一天，所以说"夏至至长"。

　　洪咨夔（kuí）（1176—1236），南宋诗人，字舜俞，号平斋，於潜（今属浙江杭州）人。

　　平常我们讲的田园牧歌，多数时候都是象征性的。但洪咨夔的这首《夏至过东市》却是真实而具体的。这是真田园，是真牧歌。不信，你看：

　　"插遍秧畴雨恰晴"，畴（chóu），这里指水田。雨过天晴，插好秧的水田已是满眼绿色。"牧儿顶踵是升平"，顶踵（zhǒng），头顶至足踵，指全身。踵，脚后跟。看牧童那神采，浑身透出天下升平（太平）之景。"秃穿犊鼻迎风去，横坐牛腰趁草行"，犊

深堂琴趣图 【宋·佚名】 方晴 临

鼻，也叫"犊鼻裈（kūn）"，即短裤。你看，他就穿着一个短裤，横坐牛腰，迎着夏风，走进了绿草深处。

田园之美有生活实境之美，也有诗意想象之美。而在我的心中，真正的田园之美是生活实境之美。这首诗描述的正是生活实境。一年之中，田园在两个时段最美，一个是秧苗插好后"雨恰晴"，一个是稻子成熟时晚风吹拂下的"千重浪"。这首诗所写的"雨恰晴"，还有牧童顽性与自然风情的点染，"雨恰晴"的田园就更具有牧歌韵味了。

很难说这是一种必然，也很难说这是一种偶然，反正是，在一年中最长的一天，诗人遇上了"雨恰晴"这样的美丽，应当是一生中一种"至长"的记忆吧。

小暑六月节

【唐·元稹】

倏忽温风至，因循小暑来。

竹喧先觉雨，山暗已闻雷。

户牖深青霭，阶庭长绿苔。

鹰鹯新习学，蟋蟀莫相催。

元稹(779—831)，字微之，别字威明，洛阳人(今河南洛阳)。与白居易同倡"新乐府"，并称"元白"。

今人生活在现代文明中，衣食住行常常"空调"着，基本上没有季节变化的细微感受，也很少有二十四节气的概念。但古人不同，他们对每个节气，甚至一个节气十几天中的每天变化都能感知到，这也叫"日日知"。大家再看看"智"字，其实就是"日日知"的意思，取"日有所知即为智者"之意。古人对自然心存敬畏，心存感激，心有依恋，所以总是对自然的花花草草风风雨雨山山水水……都有着自己的体察与心觉。

《小暑六月节》就是这样一首体察与心觉诗。小暑是夏季的第五个、六月的第一个、二十四节气中的第十一个节气，这个节气表示暑天来到。六月是小鹰小鹯（zhān，猛禽，又名"晨风"）学习飞翔的时候，蟋蟀则还藏在墙壁之中不肯出来。"倏忽""至""因循""来""先觉""已闻""深""长""新习学""莫相催"，我们看，四十个字，竟有这么多表达体察与心觉的字，十八个，将近一半。关键是这些词语都恰到好处地描述了"小暑"节气的动与静。

就看看首句吧："倏忽温风至"是说热风突然到了，"因循小暑来"是说紧接着暑气就来了。"倏忽"状热风来得迅疾，"因循"叙暑气随后到来的必然。如果大家对"小暑"曾有所感知，就能感知这两句诗的真实。经历过不温不火的初夏，有时甚至只经历乍暖还寒的季春，突然某一天，热风迅至，真正的夏天降临，暑气应然袭来！

再看看颔联吧：竹喧先觉雨，山暗已闻雷。暑气袭来后，常常是那雨说来就来，那雷说响就响。一个"先"字，一个"已"，就将那种迅雨不及躲避，迅雷不及掩耳，天气倏忽而变的情境表现出来了。而这只有有了体察与心觉后才可能自由地流淌于笔端。

有兴趣的读者可以再细细咀嚼咀嚼上述那一系列表达体察与心觉的字词。

约客 ❖【宋·赵师秀】

黄梅时节家家雨，
青草池塘处处蛙。
有约不来过夜半，
闲敲棋子落灯花。

这也是一首闲情诗。赵师秀（1170—1219），南宋诗人，字紫芝，号灵秀，亦称灵芝，又号天乐，永嘉（今浙江温州）人。

黄梅时节在农历四五月间，江南梅子黄熟。此时常常阴雨连绵，称为"梅雨季节""黄梅时节"。

梅子黄熟时，家家户户笼罩在烟雨之中；所有的池塘，所有的青草中，都是一片一片的蛙鸣。身处此景此境，常常会有剪不断理还乱的恼人思绪涌上心头。贺铸曾在《青玉案》中写道："试问闲情都几许？一川烟草，满城风絮，梅子黄时雨。"也正是这样的心绪吧。

有恼人的思绪若无人可诉，人是很孤凄孤寂的。赵师秀应当是有人可诉衷肠的，所以才能"有约"啊。但让我们读者颇为悬疑的是，这"约客"却是"不来过夜半"了，他还会来吗？诗人

设色山水册页（1） 【宋·马远】 方晴 临

还会等待吗？就算"约客"来了，他们的谈兴还会很浓吗？谈趣还会有滋有味吗？

但倘若朋友不来了呢？也许，诗人就是让我们做进一步猜想：人的孤凄孤寂是否可以自我化解？于是有了这神来之笔——"闲敲棋子落灯花"。

在我的阅读感觉中，那"闲敲棋子"是从容中的思索，是思索中的静谧；那"落灯花"是思维之花的荣枯之美，是闲雅之情的恬寂之美。灯花是灯芯燃尽后像开放的红花，当我们将室内那盛开的红红的灯花移置于无边的细密的夜雨之中，去照亮那黄梅与青草，甚至去照亮那绵密的丝丝白雨、带着绿意的声声蛙鸣时，我们的孤凄孤寂也许就被这夜的恩赐消解了。

还需要朋友的到来吗？

不知道赵师秀写完这首诗，是自得其乐呢，还是急于与朋友分享，应当两者兼而有之吧。他其实是一个非常需要朋友支持的人，因他在诗歌理论和创作两方面都有自己的主张，很想独树一帜。

晓出净慈寺送林子方

❖【宋·杨万里】

毕竟西湖六月中，
风光不与四时同。
接天莲叶无穷碧，
映日荷花别样红。

　　杨万里一生创作颇丰，传世的有四千多首。他的诗作语言浅近，清新自然，富有生活情趣，被称为"诚斋体"。而在杨万里的全部诗作中，这首七言绝句《晓出净慈寺送林子方》，则是流传最广的一首。

　　为什么？

　　一是写出了莲叶无与伦比的"碧"和荷花无与伦比的"红"，并且两个无与伦比互为诠释，于是就给读者莲叶"无穷碧""别样碧"、荷花"别样红""无穷红"的无与伦比的阔大感、盛大感。再加上"接天"与"映日"将"无穷"与"别样"落到实处了，就给人阔大到天际、盛大到天空的真实感。后代诗人，任你是谁，也难以写出超越这阔大与盛大的莲叶与荷花了。

二是将几乎是纯口语的语言提炼成了艺术语言。这其实是杨万里诗歌语言的特色，所以才会浅近、清新、自然，富有生活情趣。我们看，全诗二十八字，无一字不是口语，无一字有理解的难度。但它们组织在一起，又处处显得那样妥帖而意味无穷：

先是满足了七言绝句格律的全部要求——押韵、平仄、完美无瑕。

再是营造了阴柔与阳刚相融相生的艺术意境——莲碧荷红是阴柔美，接天无穷的莲碧荷红就有了阳刚之壮丽美了。

还有就是"无穷碧"与"别样红"在六月朝阳下的相互映衬下产生了与日共辉的盛大光华美，并且，这种盛大的光华美是唯一的，地点是唯一的，净慈寺，西湖南岸，雷峰塔对面；时间是唯一的，初夏的那个清晨；事件是唯一的，送别朋友林子方。因此，这光华美只在此时此境的西湖诞生，只在杨万里的晓出净慈寺送林子方时的西湖诞生。正是这种唯一性，使得这首诗成了不可无一、不可有二的经典。

《小池》《晓出净慈寺送林子方》这两首绝句，都是经典，且第二联都是千古传诵的名句。但两诗的前两句，相比较而言，《小池》更显精警，似乎更具诗味；而《晓出净慈寺送林子方》则只是一般的陈述，若没有后两句的精彩，则不可能流传下来。但为什么《晓出净慈寺送林子方》整体上却给人更强烈的艺术震撼呢？因为这首诗示人以壮阔的形象，《小池》则晓人以通透的理趣。但总体上说，形象比理趣更具震撼力。

池上

❖【唐·白居易】

小娃撑小艇，
偷采白莲回。
不解藏踪迹，
浮萍一道开。

读这首诗，真的是忍俊不禁。它让人不得不笑的是浓浓的
"偷"趣。

小娃子喜欢白莲花，居然撑着小艇去偷！那能成吗？目标多
大呀！

可以想象，小娃子在行动前一定有过侦察，有过计算，他肯
定测算好了时间空档：以最快的速度去，以最快的速度回，恰到
好处，不会被人发现。

他确实做到了，没有发现他的人！

但有人发现了他的踪迹：浮萍一道开——小艇过后水面的浮
萍留下一道清晰的痕迹。这是小娃子没有想到的啊！这是小娃子

设色山水册页（2）　【宋·马远】　方晴 临

想不到的啊！

可以想象，这可能是白居易的小孙子吧！这等机灵！这等调皮！这等自作聪明！这等让白爷爷忍不住为他这样的偷采白莲写一首诗！

白爷爷也真是一个有趣的人啊！以诗心诗情为小娃子的"偷"行立言。是轻轻的讥嘲，更是暗暗的赞许与欣赏！

我们还可以进一步想象：白爷爷对着水面浮萍留下的那一道清晰的痕迹，在偷偷地颔首发笑呢！这一笑之时，二十字的诗作就在心头产生了。

读这首诗，也让我们在颔首微笑中明白了，有了趣味，有了真朴的趣味，诗就来了，诗趣就产生了！

读这首诗，还让我们明白，诗与生活同在，诗无处不在。在一般人那里，"偷"总是不能接受的；在诗人那里，"偷"竟也有了诗意，"偷"竟也有了诗的高贵性。之所以有这样的分别，是一般人没有明白诗就在自己生活之中这样的诗之理。

如梦令·常记溪亭日暮

❖【宋·李清照】

常记溪亭日暮，

沈醉不知归路。

兴尽晚回舟，

误入藕花深处。

争渡，争渡，

惊起一滩鸥鹭。

"如梦令"是词牌名，又名"忆仙姿""宴桃源""无梦令"等。"如梦令"的始创调是五代后唐庄宗李存勖(xù)《忆仙姿》："曾宴桃源深洞。一曲清风舞凤。长记欲别时，和泪出门相送。如梦，如梦，残月落花烟重。"后来苏轼创作"忆仙姿"调时将词牌名改为"如梦令"，并先后写过多阕，像《如梦令·水垢何曾相受》中的"轻手，轻手，居士本来无垢"，《如梦令·自净方能净彼》中的"自净方能净彼"，《如梦令·为向东坡传语》中的"归去，归去，江上一犁春雨"，《如梦令·城上层楼叠巘》中的"魂断。魂断。后夜松江月满"，都是名句。

词牌的本义最初多数都与词的内容有紧密的关联，后来才逐步变成填词的一种"形式"或者说一种"格式"，不一定与具体内容有关了。但如果读了更多作家写的"如梦令"，我们会发现，在众多词牌中，"如梦令"非常独特，作家们最愿意用它的本义，来写"梦"或者"如梦"的游戏。李清照的这阕"如梦令"，也是写了像梦一样的一个人的一次游戏。这里的"令"当然是指"小令"，是词的一种格式。但我们也不妨将其理解为"美好"——如梦令，像梦一样美好！

李清照（1084—约1155），号易安居士，齐州济南（今山东省济南）人，是中国古代最杰出的女词人，宋代婉约词派的代表之一。

她写的这阕《如梦令》是一阕非常典型的游戏词。我们看——

溪水旁有个亭子，亭子旁有艘小艇，小艇前方是密密的藕花。夕阳之下，天地间一派静穆。看着那密密的红白相间的藕花，不自觉地来到艇上，摇动兰桨，向前，徐徐向前，徐徐向前。尽兴之时，天色渐暗，转而摇桨回舟，太过沉醉，竟忘了归路。鬼使神差，进入到更大一片藕花之中。一时着急，不知该划向什么方向，迅疾搅动兰桨，吓得一滩鸥鸟和白鹭振翅而起，发出一阵阵惊鸣……

此时此刻，李清照自己是一种怎样的情状呢？她没有写，但我们知道，她的这场游戏梦在鸥鸟和白鹭的惊鸣中醒了。醒了的李清照一直很遗憾，所以词作一上来就说"常记"！

其实，每个人心中都会有一场或几场这样值得一辈子"常记"的游戏梦，那是生命最自由、心绪最畅快、灵魂最熨帖的时候。

无法确定李清照这阕词写作的具体年代。我想，应当是她晚年的作品。晚年的李清照极其不幸。46岁时丈夫去世后，就一直在艰难中度日。73岁后，她的事迹已无可考。这位中国古代最伟大的女作家，死于何时何地均无所知。正是"冷冷清清，凄凄惨惨戚戚"！悲戚之中，这阕《如梦令》应当给了她莫大的安慰吧！

纳凉即事

❖【宋·朱淑真】

旋折莲蓬破绿瓜，
酒杯收起点新茶。
飞蝇不到冰壶净，
时有凉风入齿牙。

现代人热了有空调。古人热了怎么办？纳凉，即乘凉。特别是在夜晚，明月当空，荧光点点，清风徐徐，很是惬意。

就某件事情写的诗就是即事诗。古人写纳凉这件事的诗真不少，像唐代的王维、白居易、刘禹锡，宋代的秦观、杨万里等都写过这样的诗篇。"纳凉即事"诗，套用荷尔德林的名句，可以说是典型的"诗意地栖居于大地之上"了。可惜这样的生活，现代城里人很难再享有了。

朱淑真（约1135—约1180），南宋女词人，号幽栖居士，钱塘（今浙江杭州）人。她的纳凉真的是很享受：折莲蓬，破绿瓜，喝小酒，点新茶，披明月，吹凉风。并且在这样的物质享受中，

设色山水册页（3） 【宋·马远】 方晴 临

还有诗情的回馈。

"飞蝇不到冰壶净"，用冰壶借指月亮，表现的是完完全全的明净；"时有凉风入齿牙"，是述说抵达到齿牙间的洁净的凉意。细想，透明洁净的风，不时抵达齿牙间，那一定是一种通透心底的畅快。再细一想，那一定也是只有以一种咀嚼或汲取的方式才能获得的享受。再细细想想，要有一种怎样透亮的心情才能获得这等透亮的享受呢？

有道是"心静自然凉"。这话对着呢。能静的前提是能净。能净的前提是悟空。悟空之后，心自然就静了，自然就透亮了，凉意自然就油然而生了。

这样表达，也不是说只要心静就热不着了，而是强调心静是与凉意成正比关系的。

西江月·夜行黄沙道中

❖【宋·辛弃疾】

明月别枝惊鹊，清风半夜鸣蝉。

稻花香里说丰年，听取蛙声一片。

七八个星天外，两三点雨山前。

旧时茅店社林边，路转溪桥忽见。

读这阕词，感觉辛弃疾真是一个大好人啊！

辛弃疾（1140—1207），字幼安，号稼轩，济南府（今济南市）人。他是南宋著名抗金将领，豪放派词人，与苏轼并称"苏辛"。他二十一岁自家乡济南历城参加抗金义军，之后投归南宋。他力主抗金，但一直不能真正得到重用，四十二岁时更是遭谗被贬，只得退居上饶带湖家。黄沙道是江西省上饶县黄沙岭乡的乡村道路，南宋时是黄沙岭人到上饶古城的官道。这阕《西江月》（"西江月"为词牌名）即是辛弃疾被贬期间，经黄沙道回到贬所带湖时所写。

为什么读这阕词时感觉辛弃疾是一个大好人呢？

你看，在他眼里，不，在他心里，这黄沙道中，一切都是那么美，简直就是醉美醉美的！

明月惊鹊，清风鸣蝉，稻花飘香，蛙声一片，稀星挂天边，点雨落山前，茅店社林（土地庙边的树林）边，路转溪桥见。

这些景象很美吗？很美。但我们想一想，一个四十多岁的人，正值壮年，因遭谗言而不得不中断高远的理想，卷起济世的才华，他的眼里还能见得到这样的美景吗？一般而言，是很难见得到的，因为他的心思根本不太可能放在这路途中的景色上啊。但辛弃疾不是一般的人，所以他见到了。他甚至将明亮的月光是怎样将树枝、树叶照得清清楚楚，都描绘进了词中。别枝，就是使树枝、树叶分别得清清楚楚。

他不仅见到了，而且还听到了平常人都听不到的稻花在阵阵香气的相互问候中憧憬着今年的大丰收。

今天我们对稻子是否丰收没有什么感受了，但在古代，在农业为本的农业文明时期，稻子是否丰收则是关系着天下是否安泰、百姓是否能过上幸福生活的头等大事。辛弃疾虽然遭受了贬谪，但他的心中依然有着仁爱天下的情怀。所以，闻到稻花香，他就期待着丰收，表现出憧憬着丰收的喜悦。

这样的辛弃疾，确实是一个大好人！

清平乐·村居

【辛弃疾】

茅檐低小，溪上青青草。

醉里吴音相媚好，白发谁家翁媪。

大儿锄豆溪东，中儿正织鸡笼。

最喜小儿无赖，溪头卧剥莲蓬。

讲《西江月·夜行黄沙道中》时，我们说辛弃疾是一个大好人。这里我们要说辛弃疾是一个特别有生活情趣的人。

一个有大志、有大才、有担当的大人物，被贬之后却能于"半夜"山路上欣赏到"明月别枝惊鹊"之真趣，可见在辛弃疾的心里，生活的真趣真的是无处不在啊。不要说"半夜"行，更不要说"半夜"乡间山道中行，只说白昼于安静无人处突然有一只鸟从树间飞起，也可能让你惊魂啊。

再来看这阕词，辛疾弃更是给读者描绘了一幅生活乐趣图。这浓浓的乐趣，用词作中的一个字来概括，就是"醉"。

"醉里吴音相媚好，白发谁家翁媪。"作者当时的居住地上饶属于吴方言区，"吴音"即吴地的方言。"翁媪（ǎo）"就是老翁、

设色山水册页（9）　【宋·马远】　方晴 临

老妇。"相媚好"指相互逗趣、取乐。老翁加老妇，一对白发夫妻，用吴侬软语逗趣、取乐，大儿子在溪的东面挥汗锄豆，老二在认真地编织着鸡笼，"最喜小儿无赖"，躺在溪头随性地剥着莲蓬。"无赖"这里指小孩顽皮、淘气，好不天真烂漫。一家五口，各司其"职"，很自然，很和谐，很陶醉。

　　这是一件极不容易的事：老者乐其愿，壮者乐其事，少者乐其趣，三乐统一于一家，统一于"茅檐低小，溪上青青草"背景之中。

　　我相信，这是辛弃疾亲眼所见。他从中读出了生活真趣，于是将真趣的诗心，托付与真趣的语言，便产生了这首令人心醉的生活真趣诗。

　　读《西江月》与《清平乐》这样的词，我们很难一下子与那个"把吴钩看了，栏杆拍遍"的辛弃疾联系起来。但细一想，这其实是词人的两个侧面。一者仁爱温厚，一者悲郁急切。两者合而为一，合成了顶天立地的大写的词人形象。

夏日山中

【唐·李白】

懒摇白羽扇，
裸袒青林中。
脱巾挂石壁，
露顶洒松风。

李白（701—762），字太白，号青莲居士。他是唐代著名诗人，被誉为"诗仙"，与杜甫并称"李杜"。他祖籍陇西成纪（今甘肃秦安东），出生于中亚碎叶城（今吉尔吉斯斯坦托克马克），五岁时随家人迁入绵州昌明（今四川江油）青莲乡。

人作为人的外在标志，就是穿衣戴帽。或者说，穿衣戴帽是人从自然生命成为文化生命的标志。所以，古代男子成人行冠礼，叫做"弱冠"，把头发盘成发髻（"结发"），然后再戴上帽子。可以说，穿衣戴帽，是人类从野蛮到文明的进化。

李白在进入山中之前，穿衣戴帽（头巾）摇羽扇，文质彬彬。但进入山中后，热了也懒得摇羽扇，先是把衣服脱了，"裸袒"

即赤身裸体，这样说有些夸张，但至少是光了膀子，再是把巾（头巾）也脱了，露出头顶任松风吹洒。

我们想一想啊，这是中国伟大的诗人啊，他光着膀子在山中行走！

或许，这是李白的渴求吧。

你看，他是多惬意："懒摇""裸袒""脱巾""露顶"，将束缚一点一点去掉！于是，他凉快了！于是，他自由了！

不能说这首诗是李白在追求自由，但从中我们完全可以看到李白的率性，李白的洒脱，李白的不拘。

当然，李白还是有约束的。他写的是在"山中"的行为，也许那段长长的山路就李白一人吧！

从诗歌写作的角度，四句全是一样的（动宾）结构，也许只有李白才敢这样写，才能这样写吧。但它不仅没有呆滞感，反而大大增添了剥离束缚获得解放的惬意与痛快。真的很妙！

都说李白是"诗仙"。但读这首诗，感觉李白就是一个普通人，是普通人中率性、洒脱、不拘的一类。是的，无论是谁，他都是从做普通人开始的。无论一个人达到怎样的高度，他都是不能完全脱离普通人的。普通人是一个完全人的重要一面。

所见

【清·袁枚】

牧童骑黄牛,
歌声振林樾。
意欲捕鸣蝉,
忽然闭口立。

《所见》真是一派自然。

牧童骑牛,一自然;牧童牛背上放歌,二自然;歌声在林樾(yuè,路旁遮阴的树)间回响,三自然;树上有蝉鸣,四自然;想要捉鸣蝉,五自然;忽然闭住嘴,六自然;站着一动不动,七自然。

这自然背后,是一派天真,真正是无一丝遮掩,天然率真,真趣盎然。

为何能如此自然天真?

首先是所见之事自然天真,其次是见者自然天真,再次是用语自然天真。自然天真之人,用自然天真之语,描自然天真之事,自然是自然天真之诗了。

袁枚倡导"性灵",是清代"性灵派"的重要代表,为人、

设色山水册页（10）　【宋·马远】　方晴 临

为诗、为文皆"性灵"，写出《所见》这般见性见灵之诗也就自然了。

也许，稍作比较，我们就更能见出这首诗的自然了。

蝉自《诗经》始就已进入诗中。几千间产生了不少的蝉诗名篇，其中唐人虞世南、骆宾王、李商隐写的《蝉》《在狱咏蝉》《蝉》被誉为"咏蝉三绝"，且都留下了咏蝉名句——"居高声自远，非是藉秋风"（虞）、"露重飞难进，风多响易沉"（骆）、"本以高难饱，徒劳恨费声"（李）。但这些名篇都是很"文化"的，都是在借蝉言事，托蝉言志。能得蝉之自然、"用蝉之自然"、享蝉之自然者，仅袁枚矣。

这里没有贬抑其他诗作的意思，只是为了说明《所见》的自然。在习惯以文化为上的读者那里，《所见》就显得太过自然了。其实，如果大家都能摘下有色眼镜，就不会厚此薄彼，就能以公允心对待任何一首诗作了。

夏夜登南楼

❖【唐·贾岛】

水岸寒楼带月跻，
夏林初见岳阳溪。
一点新萤报秋信，
不知何处是菩提。

南楼位于四川普州（今安岳县），1958年被拆除。贾岛（779—843），唐代诗人，字阆（láng）仙。河北道幽州范阳县（今河北省涿州）人。他是那个著名的"推敲"故事的主人，与孟郊齐名，称"郊寒岛瘦"。

唐开成五年（840年），61岁的贾岛被任命为普州司仓参军（相当于今天地级市农业局的办公室主任，正科级），公务之余常去南楼读书作诗。三年后病逝于此。这首诗就是贾岛在普州任上第二年的夏天登临南楼时所作。诗中的"岳阳溪"今名岳阳河，由东入普州，穿城而过。

贾岛早年出家，大约三十岁时还俗。但是，虽说还俗了，他的诗中依然有很浓的静定、枯寂味。像这首诗，首句"水岸寒楼带月跻（jī）"，就给人极寂静的感觉，并且是浸入了寒凉的寂静。"一点新萤报秋信"，说那一只萤火虫报告了秋天（到来）的消息。单看这一句不会有什么太特别的感受，但与前两句和后一句联系在一起，就有了一种凄冷感了。

第一次读这首诗，就觉得它是一个谶语，感觉贾岛是在述说生命的最后消息。现在想想，写完这首诗不到三年，他就于此离开人世了。我确信这首诗的最后一句——"不知何处是菩提"，其实就是贾岛获得生命开悟的消息。"菩提"，此处大意为觉悟，即解得生命的真谛，表面说"不知"，内里却已知。

人的生命是一个非常复杂的感知器，只是有许多感知信息的开关被我们早早就关死了。我以为贾岛是一个没有关死生命感知开关的人。所以，他写诗时要反复推敲，因为他需要这样反复推敲与修改，来将自己感知到的更多的生命信息融进诗中。所以，他的诗往往是生命信息极丰厚的。

一直觉得贾岛吟出"两句三年得，一吟双泪流"，不只是在一般意义上讲"苦吟"，讲对语言艺术的追求，而是贾岛悟得生活的酸甜苦辣、命运的艰难曲折之后的生命伤悼。所以读贾岛的诗，总会有一种悲凉从那筋硬骨瘦之中渗透出来。

大暑

【宋·曾几】

赤日几时过，清风无处寻。

经书聊枕籍，瓜李漫浮沉。

兰若静复静，茅茨深又深。

炎蒸乃如许，那更惜分阴。

大暑是二十四节气的第十二个，夏季的最后一个节气。此时，是一年中最热的时期。

曾几（1085—1166），南宋诗人，字吉甫，自号茶山居士，祖籍赣州（今江西赣县），后迁居河南府（今河南洛阳）。

曾几这首诗写暑热难耐，从心理到心理到心理，再到心理，还到心理，将那种无可奈何、无可奈何、无可奈何、无可奈何，表现得惟妙惟肖。

"赤日几时过"，期盼赤日早走。

"清风无处寻"，渴求清风早来。

"经书聊枕藉"，写难以读书的苦恼。

"瓜李漫浮沉"，说瓜果食无味的无趣。

"兰若静复静"，"兰若（rě）"原为佛语，意为森林，引申为"寂静处""空闲处"，也泛指一般的寺庙，这里指安静的地方；这句诗是表现安静之下不得安静的烦躁。

烟岫林居图 【宋·夏圭】 方晴 临

"茅茨深又深",茅茨指简陋的茅舍;此句是表达凉爽之处不得凉爽的着急。

"炎蒸乃如许",叙折腾之后毫无改变的烦闷。

"那更惜分阴","分阴"指极短的时间;这里是说时间就这样消耗掉了很可惜。

全诗自第一句起,到最后一句止,写的都是自己的"无可奈何"。这样层层累加的负面心理与负面情绪,使"大暑"高热不断在诗作中扩散、扩散、再扩散,最后弥漫到整个生活空间。正是这样的弥漫,"大暑"的"暑气"就被完完全全地表现出来了。

什么是好的语言?就是写什么就表现什么,不折不扣。写漂亮就是漂亮,写丑陋就是丑陋,写善良就是善良,写无聊就是无聊,写流氓就是流氓……这首诗是写无奈,所以全诗无一字不无奈。

诗,有时是一剂解药,化解心中的苦恼。曾几写完这首暑逼无奈诗后,应当感觉凉爽一点吧。

六月二十七日望湖楼醉书（其一）

❖【宋·苏轼】

黑云翻墨未遮山，
白雨跳珠乱入船。
卷地风来忽吹散，
望湖楼下水如天。

　　"醉书"是喝醉时写的诗。每次读这首诗，都会想到醉汉醉酒的情形：微醉时妙语连珠，重醉时情绪多变，酩酊大醉时或哭或笑，或惊恐而痉挛，或极乐而痉挛，大醉之后是安静的深睡。

　　不知苏轼写这首诗时是微醉，还是重醉，还是酩酊大醉。从诗的内容看，似乎是写老天的酩酊大醉。

　　"黑云翻墨"，是惊恐而痉挛。

　　"未遮山"，是有限度的痉挛。

　　"白雨跳珠"，是极乐而痉挛。

　　"乱入船"，是无限度的痉挛。

　　"卷地风来"，是再度惊恐而痉挛。

"忽吹散"，是再度极乐而痉挛。

"望湖楼下水如天"，是大醉之后的安静的深睡。

熙宁五年（1072）六月二十七日这天，杭州西湖畔的望湖楼（又叫"看经楼"）上，苏轼是自己先醉了再欣赏老天的大醉，还是欣赏了老天的大醉之后自己也醉了，不得而知。但从他这么精彩的诗句看，他大体上是微醉，最多是重醉。苏轼这天醉中一共写了五首，这是第一首，如果他也与老天一样酩酊大醉，一般是不能这样准确地描述老天大醉的样貌来的。

可惜看不到苏轼的字迹了。如果字迹一片癫狂，那也许就是他在大醉之中写老天大醉吧。我更愿意这是真相。

真醉之人，用真醉之语，挥真醉之毫，状真醉之天，是为真"醉书"。

人们常说李白斗酒诗百篇，大概这样的时候李白是有的。不过我相信苏轼也是有的。因为在我看来，他们都是谪仙人啊！

两位谪仙人给我们留下了最伟大的诗篇，是因为他们都是谪仙人的缘故吗？也许吧。他们来到人间，看到什么都是新鲜的，看到什么都是非同寻常的，于是总能于寻常处见不寻常，于不寻常处见极不寻常。这首《六月二十七日望湖楼醉书·其一》正是这样的作品。

晴峦萧寺图 【宋·李成】 方晴 临

秋

"天阶夜色凉如水，卧看牵牛织女星。"

在清冷的秋光中，在凉如水的夜色中，一个美丽的女子孤寂地卧看一闪一亮的牵牛织女星。在我的感觉中，这是一个怀有梦想的空间，这是一个美丽的女子"卧"拥的清冷而安静、凄清而高洁的美丽空间。因此，这个空间一定是一个高冷色调空间，一定是一个高冷色调的纯净、纯粹的安静空间。

秋天，竟是这样一个空无安静的诗意空间吗？

西洲曲（节选）

【南朝民歌】

采莲南塘秋，莲花过人头。

低头弄莲子，莲子清如水。

置莲怀袖中，莲心彻底红。

忆郎郎不至，仰首望飞鸿。

民歌总是质朴自然的。就算最文艺的南朝民歌，也是这样天然。

《西洲曲》是南朝乐府民歌的代表作。诗作描写了一位少女对心上人的思念。全诗三十二句，这里选取的是十三至二十句。

看这节选的八句，前六句都含有"莲"字。"采莲""莲花""弄莲子""莲子清""置莲""莲心"，不避重复，不怕重复，因为字字有意，六字六意，六意相连，连成了一个极高级的相思链。

第一链为"采莲南塘秋"，言所做何事；第二链为"莲花过人头"，言莲花之高，也是言相思之盛；第三链为"低头弄莲子"，言采莲之状，实言相思之状；第四链为"莲子清如水"，言莲子之状，实为"爱子之清"，"莲"者"怜"也；第五链为"置莲怀袖中"，怀袖，同义复词，指"怀中"，此为采莲之关键，将所爱之子置于怀中，化苦相思为甜蜜蜜；第六链为"莲心彻底红"，言采莲之果，"彻底红"即红透了，犹言赤诚之恋，坚贞之爱。

正是这样自然而然连成的一个相思链，使得连续六句的六个"莲"字有了特别的韵味；或者说，这连续六句的六个"莲"字使得这个相思链有了极浓烈的相思情意。

接下来的"忆郎郎不至，仰首望飞鸿"两句，使诗意流转——将浓烈的相思之情寄托给飞鸿，请飞鸿传苦思于郎君。诗作最后以"南风知我意，吹梦到西洲"作结，因飞鸿难以完成寄意苦思的重任，便又托之于南风"吹梦"了。不难感到，这是一个越来越浓重又越来越渺茫的相思梦！

《西洲曲》写得极巧极妙，四句一重，全诗八重，"行行重行行"，又重重流转，重重相扣，顶真向前，最后"吹梦到西洲"，实中含虚，虚中得实，真正的是虚实相彰，而所有巧妙又都不失自然之妙。也许，只有民歌才能如此之妙吧。

最后想说的是，为什么是"西洲"，而不是"东洲"或"南洲"或"北洲"？因为"西方"是美人所居之地（《诗经·邶风·简兮》"彼美人兮，西方之人也"）。所以"西"这个方位，在中华文化中留给了女子。所以有"西施"，有"西厢"，有"西窗"。

立秋 【宋·刘翰】

乳鸦啼散玉屏空，

一枕新凉一扇风。

睡起秋声无觅处，

满阶梧桐月明中。

　　立秋是二十四节气中的第十三个，是秋季的第一个节气。至此，我国一些地方的秋天开始了。按现代气象学，一个地区必须连续五天平均温度在22℃以下，才算真正进入秋天。而在立秋时，我国南方和华北的大部分地区秋天并没有真正到来，日平均气温都是在22℃以上，有的地区还有酷热，有"秋老虎"之称。

　　南宋诗人刘翰，字武子（一说武之），长沙人，未曾出仕，一生活动范围也并不很大。尽管这首诗写作的确切地点我们不清楚，但大体上说还应当是在他的家乡湖南长沙。而今天的长沙是有名的"火炉"，南宋时期的长沙也应当好不到哪里去吧。这样说，刘翰写作这首诗时，长沙的秋天其实是还没有真正到来的。

　　但诗人是敏感的。他分辨出了这傍晚时分一边啼叫一边飞散的是乳鸦，即幼小的乌鸦，而不是老鸦。乳鸦飞离后，如玉屏般的天空真的空了，空了的天就只剩下一色的玉屏样了。这样的天

风雨归舟图 【宋·佚名】 方晴 临

空已不是夏天的天空了。躺在床上，摇动扇子，竟是一扇清风一枕新凉，也不是夏天那样扇扇热风了。尔后在新凉中睡去，听到了秋声的呼唤；睡醒起来，却找不到秋声的踪迹了。只见明月之下，满阶上安睡的是梧桐的叶子。

诗人在写什么？在写他与最初的秋意的最初的相会啊！写他对秋意的最初的体察与致意啊！

这"最初的秋意"集中来说，就是"乳鸦啼散""玉屏空""新凉""满阶梧叶"；"最初的体察"就是"乳""散""空""新""秋声""月明中"；"致意"就是用敏感之心与秋意的相会，对秋意的体察，收获新"秋"的馈赠。

顺便提及的是，今人视乌鸦为凶鸟，感受很差。而古人对乌鸦的感受要丰富复杂得多。像在"日出照东城，春乌鸦鸦雏和鸣""瑞云深处是仙家……玉兔配乌鸦""乌鸦无数是耘丁"这类诗句中，乌鸦则是美的化身了。

采莲子

❖【唐·皇甫松】

船动湖光滟滟秋，
贪看年少信船流。
无端隔水抛莲子，
遥被人知半日羞。

皇甫松，字子奇，自号檀栾子。睦州新安（今浙江淳安）人。唐代诗人，生卒年不详。

读这首诗，一直对一个地方感兴趣。

这个地方就是"无端"。诗人说"无端隔水抛莲子"，真的是"无端"吗？不是，其实是多端。我们知道，端就是端绪，就是头绪。有多少端绪让这个女孩"隔水抛莲子"呢？

第一个端绪是"湖光滟滟秋"，这是一个很能激动人的情绪的时空——我们知道，滟滟是水波闪动得让人惊艳的那种样子。想一想，满湖都是闪动得让人惊艳的清亮亮的秋水波纹，它有着一种特别能激起人内心深处的情愫的能量。（这从"暗送秋波"

这个词语中也能感觉一二）。

　　第二个端绪是"年少"。正在这样的"高光"时刻，一个少年出现了。本来是朦朦胧胧的感觉，少年的出现，使得这种朦朦胧胧的感觉顿时显现为一个可捕捉的俊美形象。

　　第三个端绪是"莲子"。自《诗经》以降，"莲"就一直是人们寄托爱意的物象，如"彼泽之陂，有蒲与荷。有美一人，伤如之何？寤寐无为，涕泗滂沱。"（《诗经·陈风·泽陂》），如"涉江采芙蓉，兰泽多芳草。采之欲遗谁？所思在远道。"（《古诗十九首》）……经过漫长的浸润，"采莲"文化其实沉淀到人们的血液之中了，像"莲子"（怜子）这样的字眼已深植于人们的潜意识，任何时候，只要有那么一点点触动，就极可能自然而然地发之于情。

　　这样的三个端绪合而为一，便有了这个女孩子"隔水抛莲子"的"无端"行为。但抛出之后，这个女孩子害羞了，并且是"半日羞"。这"半日羞"就是清醒的意识了。这首诗就是写了一个女孩子从无意识到有意识的瞬间行为。

　　《诗大序》说，诗是"情动于中而形于言"。从皇甫松《采莲子》这类诗来看，我们还可以说，诗是洞悉于人心而肖之于言语。

　　读这首诗，还让我猜想，皇甫松就是那个被抛莲子的"年少"，就是这个故事的主角。否则，他怎么能写得如此惟妙惟肖呢？

一叶落

❖【唐·白居易】

烦暑郁未退，凉飙潜已起。

寒温与盛衰，递相为表里。

萧萧秋林下，一叶忽先委。

勿言微摇落，摇落从此始。

刘翰的《立秋》是写他与最初的秋意的最初的相会，写他对秋意的最初的体察与致意。白居易的《一叶落》呢？则是侧重于对事物规律的探寻。

首联写"暑郁"之处已显"凉飙"之象，引出第二联"寒温与盛衰，递相为表里"的议论。这里的"郁"是指暑气凝聚，"飙"是指由下而上升腾的风。首联借季节寒温转换之象（"暑郁未退"而"凉飙潜起"），说万事万物盛衰转换之理（"递相为表里"）。第三联、第四联说"萧萧秋林"那一片叶子的衰落，就是"萧萧秋林"整体衰败的开始。"委"就是委顿、衰落。这既是对第二联申说的证明，也是第二联逻辑之下的进一层推理。这也就是所

临流抚琴图 【宋·夏圭】 方晴 临

谓"一叶落而知天下秋"。

应当说，白居易《一叶落》述说的是客观事实，没有鲜明的情感倾向，更没有悲秋之意。它不像一些诗人如李存勖（xù）、薛能、朱彝尊那样，"专注"于"一叶落"以至叶全落的悲寂，而是融合进了叶落之后还有叶开之时的圆融：有盛就有衰，衰之象从"一叶落"始；同样，有衰就有盛，盛之象从"一叶萌"始。

现代人读古诗（甚至包括所有阅读）受全社会"程式"教育和全社会同质化思维的影响，往往取其一而不及其他。因此，对秋的感受几乎就只有一个"悲"字，对乌鸦的感受几乎就只有一个"凶"字。倘若是这样，刘翰的《立秋》、白居易的《一叶落》这类诗，我们是读不懂的。

中国古代文化中的"万物有灵"的"关联"思维在文学中的表现极其丰富，许多作品都不是我们今天某种"单一"的价值取向。这是影响人们阅读古代作品的非常重要的原因，值得注意。

石榴

❖ 〔唐·李商隐〕

榴枝婀娜榴实繁，
榴膜轻明榴子鲜。
可羡瑶池碧桃树，
碧桃红颊一千年。

李商隐（约813—约858），字义山，号"玉谿生"，又号"樊南生"，祖籍怀州河内（今河南焦作沁阳），出生于郑州荥阳（今河南郑州荥阳市）。他生活在晚唐，与杜牧并称"小李杜"，与温庭筠并称"温李"。

李商隐说，石榴太好了！你看，树枝婀娜多姿，果实硕大繁多，榴膜轻透明亮，榴子鲜美异常。"可羡"就是（哪里）值得羡慕。石榴太好了，哪里还要羡慕那瑶池千年一熟的碧桃红颊呢？

石榴本是张骞出使西域时从安息带回来的，又称安石榴。唐时，因武则天、杨贵妃都喜欢石榴，石榴便受到追捧，长安曾一度出现了"榴花遍近郊"的景象。特别是杨贵妃在华清宫时，还手植石榴，观赏榴花，石榴又有"贵妃花石榴"的别名。慢慢地，石榴也就被人格化了，也便有了"若教移在香闺畔，定与侍人艳态同"（子兰《千叶石榴花》）这样的诗句了。

李商隐这首《石榴》是否也有所寄遇呢？应当是有的。

首先看，他用瑶池碧桃作比，认为石榴胜过千年一熟的碧桃（红颊）。瑶池是古代神话中西王母所居之地，位于昆仑山上；那里的仙桃一千年（有的说三千年）成熟一次。西王母用玉盘盛仙桃，桃就有了碧桃之称了。我们知道，从《诗经》时代始，桃花就是用来比喻美女的。这里我们是否可以说，李商隐是说他欣赏的那个美女啊，不仅胜过人间的美女，而且胜过天上的仙女。

其次看，这石榴果实硕大繁多。这是不是说李商隐心仪的不止一位美女呢？据传说，李商隐是有过这样的情感经历的。他曾经与被称为"三英"的华阳三姊妹青梅竹马，并且曾为她们心动神摇，想入非非。这有诗为证："应共三英同夜赏，玉楼仍是水晶帘。"（李商隐《月夜重寄宋华阳姊妹》）

要说明的是，李商隐的诗是古代第一朦胧诗，解读空间很大。上述只是推想。如果当真这样，也不失为一种美丽吧。

从诗艺的角度看，这首诗在用词方面很有特色，那就是每个物象（名词）都用一个描述性词语来表现它的特征，且是全情赞美：榴枝"婀娜"，榴实"繁"，榴膜"轻明"，榴子"鲜"，桃"碧"，颊"红"，年"一千"。

这是真正的"巧言"了。若对照阅读，你会发现，这样"巧言"之作还真不是很多。

落叶

❖【隋·孔绍安】

早秋惊落叶，

飘零似客心。

翻飞未肯下，

犹言惜故林。

这首诗在写落叶吗？当然在写落叶。

它写早秋的落叶让人惊心：它就像那飘零、流落他乡的客人，非常不情愿离开故枝，离开了好像还在说它很爱那故林。很显然，让人惊心的，是落叶那种对故枝故林的无限眷恋之情。

这首名为《落叶》的诗真的在写落叶吗？如果不了解诗人孔绍安的人生经历，我们可能会说，他在写落叶，对落叶不得不离开故枝充满同情，对落叶眷恋故枝故林充满悲情。但当我们了解了诗人的经历，我们会说：啊！他是在用落叶写自己呢。

孔绍安(约567—622)，是孔子第三十二代孙。他生于陈朝的越州山阴（浙江绍兴），13岁时（581年）陈朝被隋朝所灭，51

赤壁图 【宋·佚名】 方晴 临

岁时（618年）隋朝被唐朝取代。作为从小就有文名的机敏多愁的诗人，看到落叶飘零的情状，思想自己飘零的生命，便合二为一，将落叶幻化为诗人了，或者说诗人幻化为落叶了。

这是典型的托物言志诗了。

托物言志是咏物诗的重要特征。咏物诗是选取某一特定的物象，并用一定的手法突出其特点，以这一物象的特点来象喻诗人自己的某种情志。其最大特征就是托物言志，物我交融。这类古诗中的"物"多为具有特定意义的意象，如马、猿、鸟、雨、蝉等，像骆宾王的《在狱咏蝉》、于谦的《石灰吟》、陆游的《卜算子·咏梅》等，就是这类诗的代表作。

古诗十九首（迢迢牵牛星）

❖【汉·无名氏】

迢迢牵牛星，皎皎河汉女。

纤纤擢素手，札札弄机杼。

终日不成章，泣涕零如雨。

河汉清且浅，相去复几许！

盈盈一水间，脉脉不得语。

《古诗十九首》是汉朝人创作的五言诗选辑，由南朝萧统从传世的无名氏古诗中选录十九首编入《文选》而成。《古诗十九首》一直为人们所传诵，这首《迢迢牵牛星》更因为它借牛郎织女的悲情传说叙写人间现实的悲苦爱情而备受瞩目，成为《古诗十九首》中至今广为传诵的诗篇。

《迢迢牵牛星》可赏之处很多，前人有过许多高论。这里主要就"迢迢"和"盈盈"两个叠词稍做分析。

"迢迢"是遥远的样子。是什么遥远呢？是牵牛星与织女星相隔遥远。牵牛星，俗称"牛郎星"，在银河东。河汉女，指织女星，在银河西。它们有多远呢？中间隔了一条河汉，河汉就是银河。银河有多宽？银河系直径约10万光年。一光年约为9.5万亿公里。10万光年就是950000万亿公里。古人当然没有这样的计算，但他们知道这是极遥远的距离，几乎是一个永远不可跨越的距离。

诗作一上来就用这样一个几乎是永远不可跨越的距离给牛郎织女的思念定下了悲情的基调。但几乎不可跨越并不是真的不可跨越，因此，后面织女眼中的银河就变成了"清且浅"的银河，变成了"相去复几许"的反复追问：牛郎啊，牛郎，你看这银河啊又清又浅的，又有多远呢，你怎么就还不能过来呢？

于是，织女就在这样的反复追问中，织织停停，弄弄机杼，"终日不成章"。章，即布帛上的经纬纹理，代指整幅的布帛。织女想象着，追问着，一整天也织不成什么，或者干脆就放下梭子，徘徊河岸。于是，银河中就映照出一个端庄美丽、脉脉含情地注视着河对岸的仙女形象，几千年间就那样注视着，忧伤而美丽地注视着，美丽而忧伤地注视着，在每一位读者的心中注视着。

正是从上面这个角度，我更赞成将"盈盈"看作是与"脉脉"一样的形容词，来形容织女美丽的样子。"盈盈"指体态丰盈、仪表端庄；"脉脉"指默默凝视的样子。两个词语共构，将忧伤而美丽的织女定格。

在这个基础上我们再来看看其他几个叠词："迢迢""皎皎""纤纤""札札"。它们除了各自的描述功能，是不是还与"盈盈""脉脉"一起形成了诗作辽远、悠长、曼妙、婉约、缓释的忧伤情调？

子夜吴歌（秋歌）

❖【唐·李白】

长安一片月，

万户捣衣声。

秋风吹不尽，

总是玉关情。

何日平胡虏，

良人罢远征。

　　《子夜吴歌》是乐府中的吴声曲辞。李白《子夜吴歌》分咏四季。这里是第三首，咏秋。

　　《秋歌》写妻子们思念远征边陲的夫君。

　　这是发生在什么时候的事情呢？是唐朝？还是汉朝？历史上汉朝和唐朝都曾有过大量的征夫远征边陲。联想到王昌龄《出塞》中的"秦时明月汉时关，万里长征人未还"，是不是可以说这首诗不是写哪一朝的事情，而是写哪朝哪代都发生过的事情？如果理解成是每一个朝代都发生的事情，那这首诗就有了更广阔的时空了。

　　这样看，那个"总是"是不是就真的总是了？自古到今，历朝历代的女子们就是这样在月夜下捣衣（洗衣时用棒捶打衣服），思念着玉关（玉门关）外的丈夫，祝愿着早日平定胡虏（侵扰边境的敌人），期盼着丈夫早日归家！

月色秋声图 【宋·马和之】 方晴 临

　　这样看，那个"吹不尽"是不是就真的是吹不尽了？自古到今，历朝历代都有大量的征夫远征边陲，那秋风啊自古到今就这样吹着啊，几千年啊吹不尽那思妇绵绵不绝的思念，思念那远在边陲征战的夫君的绵绵不绝！

　　这样看，李白这首诗其实是截取历史的一个瞬间，表现历史的一种常在，是典型的"以小见大""纳须弥于芥子"。

　　王国维《人间词话》说："诗人对宇宙人生，须入乎其内，又须出乎其外。入乎其内，故能写之；出乎其外，故能观之。入乎其内，故有生气；出乎其外，故有高致。"李白的这首诗可以看作是一个显例。

　　同样，我们读诗也"须入乎其内，又须出乎其外"。不能入乎其内，只能在外围转，弄点与之相关的甚至是道听途说的诗人诗歌故事，是很难读懂这一首诗的；不能出乎其外，死在章句之下，那也是读不通透的。

嫦娥

❖【唐·李商隐】

云母屏风烛影深，
长河渐落晓星沉。
嫦娥应悔偷灵药，
碧海青天夜夜心。

嫦娥是我们熟悉的神话人物，有关嫦娥的传说有多种，其中一种为嫦娥因偷吃长生不死药而成仙，居住在月亮上的广寒宫中。那么诗人写的这个嫦娥有怎样的故事呢？前面讲《石榴》时，我们说"李商隐的诗是古代第一朦胧诗，解读空间很大"。这首也一样，初看还清晰，但越看越模糊。

第一句"云母屏风烛影深"。云母是一种珍贵的矿石，切割成薄片后能透光，古人用来做镜屏或屏风上的装饰品。这句关联的人物应当是"云母屏风"之后，与"烛影"相伴的那个人。那个人是谁？是一个叫"嫦娥"的女子？这个女子有怎样的身份呢？是主动独守空闺呢，还是被人遗弃不得不独处空闺？

第二句"长河渐落晓星沉"。长河即银河。这句关联的人物应当还是"与'烛影'相伴的那个人"。显然，长久地面对空烛，她已不能自持，就移步窗前，或移步庭中，发现银河正在静静地消失，晨星一点点西沉。原来，又一个漫漫长夜熬过去了。

第三、四句"嫦娥应悔偷灵药，碧海青天夜夜心"，它关联的当然还是这个女子——看到"长河渐落晓星沉"，便想到天上的嫦娥，想到自己的孤寂、孤寒。她猜想嫦娥"应悔"，是以己之心推嫦娥之心？那是不是自己"已悔"了？那她悔的是什么呢？是与嫦娥一样偷食了不该偷食的什么东西？那东西到底是什么呢？是情？还是权？还是……

不管有多少种猜想，这首诗最后都应落实在"悔"字上。我们猜不出"悔"的内容，但我们能读到"悔"的特征："碧海青天夜夜心"（当然可以把这句看作是"悔"的原因，但我更想把它读成"悔"的特征——时时悔，永远悔，永远悔不完，永远悔不出成效来。那句"把肠子都悔青了也没有用"就是这个意思吧。

诗人一般不会想到他写下这句诗（这首诗）就成了传之久远的人类箴言，但许多诗写下来确实就成了这样的千古名句（名篇）。"嫦娥应悔偷灵药，碧海青天夜夜心"就是这样的箴言："偷"时一定会以为是"灵药"，但这"偷"得的"灵药"一定会成为人生最大的毒药，使人生永远泅不出那孤绝高寒的"碧海青天"。

鹊桥仙·纤云弄巧

❖【宋·秦观】

纤云弄巧，
飞星传恨，
银汉迢迢暗渡。
金风玉露一相逢，
便胜却人间无数。

柔情似水，
佳期如梦，
忍顾鹊桥归路。
两情若是久长时，
又岂在朝朝暮暮。

秦观（1049—1100），字少游，一字太虚，江苏高邮人，北宋词人。与黄庭坚、晁（cháo）补之、张耒（lěi）并称"苏门四学士"。

鹊桥仙是词牌名，又名"鹊桥仙令""广寒秋"等，多以牛郎织女为题材。

鹊桥，又名乌鹊桥。传说鸟神感动于牛郎织女的真挚爱情，派喜鹊搭成桥，让牛郎织女每年七月初七在桥上相见。早期的牛郎织女故事，折射出来的更多是人间爱情的悲剧性特征，像《迢迢牵牛星》即是如此。因此，人们后来又创造出了鹊桥相会的故事，来弥补人间爱情的缺失。秦观的这阕词呢，则又在这一基础上更进了一层。

当人们天天相见却情淡意寡，特别是为琐屑之事而掩埋爱情时，秦观说："金风玉露一相逢，便胜却人间无数。"

松下闲吟图 【宋·马远】 方晴 临

　　"金风玉露"是什么意思？金风即秋风，清亮、净洁的秋风。玉露即白露。"金风玉露"合而为一，指一种没有杂质的高洁的爱情。若是纯洁的爱情，哪怕仅是一次相逢，也远远胜过一地鸡毛的天天相见。秦观在此强调的是爱情的纯洁与高贵。

　　当人们期待朝朝暮暮、卿卿我我时，秦观说："两情若是久长时，又岂在朝朝暮暮。"两颗真诚相爱的心，是可经历时间的考验与淘洗的，是不在乎是否长相守的。相反，就算朝朝暮暮，若没有真挚之爱，也会同床异梦的。秦观在此强调的是爱情的专一与恒久。

　　古代诗文写爱情写到秦观，可谓见人之所未见，发人之所未发。秦观看到了爱之长情与专守，与是否长相守无必然关联，启示读者去思考什么才是真正的爱情。正因为此，秦观此论一出，即流布开去，流传至今。

　　《迢迢牵牛星》塑造了执守爱情的悲情织女形象。《鹊桥仙·纤云弄巧》自假想的牵牛织女一年一暗渡的角度，生发出执守爱情的哲理思辨。从东汉无名氏到北宋秦观，走过千年的时光，中国文人由情入理，借牛郎织女的故事，理出了一条人类的爱情之路。

蒹葭

❖【周·《诗经》】

蒹葭苍苍，白露为霜。
所谓伊人，在水一方。
溯洄从之，道阻且长。
溯游从之，宛在水中央。

蒹葭萋萋，白露未晞。
所谓伊人，在水之湄。
溯洄从之，道阻且跻。
溯游从之，宛在水中坻。

蒹葭采采，白露未已。
所谓伊人，在水之涘。
溯洄从之，道阻且右。
溯游从之，宛在水中沚。

　　蒹葭（jiān jiā），即芦苇。《蒹葭》出自《国风·秦风》，是《诗经》传唱最广的篇章之一，可讲的内容很多，前人有许多评述、阐释，这里只谈谈它的核心——"从"。

　　"从"在这里是追寻、求索的意思。"溯（sù）洄"，即逆流而上，"溯游"，即顺流而下。"溯洄从之""溯游从之"，就是逆流而上、顺流而下，反复追寻，上下求索的意思。诗中重复了三遍，且每遍的追寻场景有异，呈现出了越来越艰难的追寻历程。

　　"道阻且长"是说追寻的道路漫长。"道阻且跻"是说道路越来越高峻、险峻，需要攀登。"跻（jī）"有登、升的意思。"道阻且右"是说道路越来越迂回曲折，"右"有迂回曲折的意思。

每遍都有"阻"字，"阻"就是险阻，是总说追寻之路有艰难险阻。在"阻"之后，每遍又换一种特殊的"险阻"：最先说"长"，之后说"跻"，最后说"右"。想想看，追寻道路是如此艰难——它漫长，它高峻，它曲折，还有什么样的道路比这更艰难的吗？

　　之前我们讲《桃夭》时讲到过《诗经》"艺术的必然性"，这里我还是要强调这一点。《蒹葭》讲追寻、求索的艰难性，它讲到了一种极致。我们再想想，最先说"长"，之后说"跻"，最后说"右"，不仅"长""跻""右"三字不可替代，而且三字的顺序也不可变更。

　　如果大家再想一想，"苍苍""萋萋""采采"，"为霜""未晞""未已"，"一方""之湄""之涘（sì，水边）"，"水中央""水中坻（chí，水中的小沙洲）""水中沚（zhǐ，水中的小沙滩，比坻略大）"——想想这四组短语的同与异，并将这同与异和"长""跻""右"的同与异连接起来，对《诗经》"艺术的必然性"将会有更深刻的理解。

　　《蒹葭》以其艺术必然性表现了"从"（追寻、求索）的美丽与忧伤——"伊人"就在眼前，仿佛触手可及却永不可及。这也是人类永远的痛！！这也就是人类的悲剧性本质所在。但人类的伟大就在于能以诗性去享受这个"追寻"的过程，以理性去化解这个"追寻"过程中的苦难。所以，人生代代无穷已，代代人生勇追寻。这种"代代人生"对"伊人""勇追寻"的不绝情思，也就被概括为人类的"企慕"之情。在这个情思点上，后世艺术家没有创造出超越《蒹葭》的艺术作品来。这也是经典不可无一，不可有二的一个证明。

秋夕 ❖【唐·杜牧】

银烛秋光冷画屏，
轻罗小扇扑流萤。
天阶夜色凉如水，
卧看牵牛织女星。

　　"天阶"本指天宫的台阶，后也用来指皇宫的台阶，皇都的台阶。将"天阶"随意讲成"露天的台阶"是不当的。

　　从"天阶"一词可以看出，杜牧这首诗写的是一个宫女在秋天夜晚的情状。她对着银烛，看着画屏，很是无聊，就拿着扇子去扑打飞来飞去的萤火虫。就这样玩了好一阵，夜色也渐渐深了，人也很累了，便躺在亭子里，看那隔着银河一闪一亮的牵牛星与织女星。

　　这是一个被君王遗弃的宫女吗？也许吧。"轻罗小扇"指轻

设色山水册页（5）　【宋·马远】　方晴 临

巧的丝面团扇，"秋（团）扇"常用来做宫女被捐弃的象征。这首诗确实用了这个意象。但我以为，这首诗有更深广的意蕴。这里的女子当然是宫女，但为什么不可以看作所有独守闺房的女子，甚至是所有心有所待的闺中女子的一种生活状态呢？

在清冷的秋光中，在凉如水的夜色中，一个美丽的女子孤寂地卧看一闪一亮的牵牛织女星。在我的感觉中，这是一个怀有梦想的空间，这是一个美丽的女子"卧"拥的清冷而安静、凄清而高洁的美丽空间。

因此，这个空间一定是一个高冷色调空间，一定是一个高冷色调的纯净、纯粹的安静空间。

登高

❖【唐·杜甫】

风急天高猿啸哀，渚清沙白鸟飞回。

无边落木萧萧下，不尽长江滚滚来。

万里悲秋常作客，百年多病独登台。

艰难苦恨繁霜鬓，潦倒新停浊酒杯。

　　杜甫是西晋政治家、军事家和大学者杜预的后人，祖父杜审言是唐初著名诗人，赐著作郎，父亲杜闲曾担任过兖州司马。杜甫七岁时便有诗名，自小就立下了"致君尧舜上，再使风俗淳"的宏愿。但他命途多舛：三十三岁举进士不第（赶上权相李林甫编演的"野无遗贤"的闹剧），四十四岁遭遇安史之乱，四十九岁漂泊西南，五十九岁时在贫病交加中客死于汨罗江的一条小船上。这首诗是诗人五十六岁时于极度的困窘中在夔州写下的。

　　《登高》被誉为"杜律"之冠，可见其诗艺之高超。后人评述、阐释甚多。这里仅就颔联略作陈说。

　　"无边落木萧萧下，不尽长江滚滚来。"想一想，一个怀抱济世大志且怀抱天地大才的理想主义者，一个极度敏感、以"语不惊人死不休"为创作第一原则的天才诗人，在人生壮年而又病贫交加、极度困窘之时登临夔州这样险峻的历史名胜高处，眼前一边是无边无际的萧萧而下的落叶（"落木"即落叶），一边是无穷无尽的滚滚而来的长江，顷刻之间，五十多年的生命悲喜在这万古永亘的自然时空中奔突，那种交合着大萧索、大凋零、大委顿以及勇往无前地奋斗、不屈不挠的挣扎、诗酒患难的行吟所构筑的种种生命情愫，从四面八方汇集而来，汇聚于方寸之间。于是，方寸之间便爆裂出了一个诗的宇宙。

　　读杜诗读到这首《登高》，读到"无边落木萧萧下，不尽长江滚滚来"的生命感，我似乎有那么一点点理解了什么叫"乱世苦思"，什么叫"沉郁顿挫"，什么叫"圣者情怀"。

　　"乱世苦思"就是身处乱世而不苟且，依然以积极的态度和主动的作为去探寻、证实生命的真谛。

　　"沉郁顿挫"就是以沉雄悲郁之情思，绾结浩瀚天地之万象，迸发抑扬跌宕之声响。

　　"圣者情怀"就是即使悲郁，亦铸慷慨之魄，不为落寞之鬼，永远以天地之良心为心，永远以人间之温情为情，永远以生活之暖怀为怀。

暮江吟

❖ 【唐·白居易】

一道残阳铺水中，

半江瑟瑟半江红。

可怜九月初三夜，

露似真珠月似弓。

在讲这首诗之前，想讲一下刘禹锡的《浪淘沙·其七》：

八月涛声吼地来，头高数丈触山回。

须臾却入海门去，卷起沙堆似雪堆。

这是壮美的钱塘涛。全诗只客观呈现，不主观抒情，把感受、感叹、感慨留给读者自己去抒发。听到潮声"吼地来"有什么感受？看到潮头"触山回"有什么感叹？发现潮水"须臾""却入海"有什么感慨？发现潮水过后留下的沙堆"似堆雪"是怎样的惊奇？诗人只字不提。为什么？有一句话，叫作"让力量去证明力量"。诗人刘禹锡深谙此理。

与刘禹锡笔下八月的钱塘涛的壮美相比，白居易笔下九月初三的暮江则是优美。

已接近地平线的夕阳斜映在江面上，就像红色的丝绸铺展开来。细细观看，江面的这半边是深红，那边半边却是碧绿（"瑟瑟"指水碧绿色）。正沉浸于这新奇的景色，江水之中竟又缓缓升起

设色山水册页（6） 【宋·马远】 方晴 临

一弯如弓的新月，缓过神来，发现周边的绿草尖上挂满了珍珠般晶莹透亮的露珠。

自然实在是神奇啊！当你捕捉到了它的神奇，并用最妥贴的语言记录下来，那就是神奇的诗。

像这首诗，诗人捕捉到了宏阔静穆与高远明洁的"暮江"的神奇，然后用"残阳铺水""半江瑟瑟""半江红""露似真珠""月似弓"这五种拆开来看很寻常，而统一于一体却极妥帖的寻常之语，完美地呈现出宏阔静穆、高远明洁的"暮江"神奇。

难怪诗人要用"可怜"这样极直白的语言来抒胸臆了，九月初三的夜色真是可爱至极！在我的阅读感觉中，这"可怜"二字，是可与李白的"噫吁嚱！危乎高哉！蜀道之难，难于上青天"相提并论的。

人们常说诗不宜直接抒情，但绝不是说抒情不好。诗其实也不怕直抒胸臆，恰当语境中的真情告白，是诗的重要组成；诗怕的是装腔作势，你装得越像，诗离你越远。

九月九日忆山东兄弟

❖【唐·王维】

独在异乡为异客，
每逢佳节倍思亲。
遥知兄弟登高处，
遍插茱萸少一人。

九月九日，即重阳节。古人把"六"看作阴数，把"九"看作阳数，九月九日日月并阳，所以叫重阳，也叫重九。重阳节时人们喜欢赏菊、登高，插茱萸或佩茱萸囊以避难消灾。

函谷关与华山以东称山东。王维的故乡蒲州在华山以东，所以诗题说"忆山东兄弟"。

游子思乡在古代诗文中出现得非常频繁，且产生了许多名句，像"入春才七日，离家已二年"（薛道衡）、"音书天外断，桃李雨中春"（李中）、"举头望明月，低头思故乡"（李白）、"洛阳城里见秋风，欲作家书意万重"（张籍）、"露从今夜白，月是故乡明"（杜甫）……但从更普遍的意义上看，最触动人内心世界的，恐怕要数王维的这句"独在异乡为异客，每逢佳节倍思亲"了。

为什么？劈头一个"独"字，那是游子最强烈的感受。这个"独"可以说是孤独，更准确地说是独自。紧接着"在异乡"三字，将孤独、独自作了精准定位：那是"在异乡"的孤独，"在异乡"的形单影只。再接上"为异客"三字，又将"在异乡"的形单影只作了准确定性：那是"异客"的形单影只。在敏感者的心中，"客"字给人的"外在感""寄居感"已不能忍受了，再加一前缀"异"字就成了双重打击，那是要落泪的。把整个句子连起来看，"独"是劈头盖脸，将你打懵；你还没有缓过神，两个"异"字再施两计重拳，你基本上无还手之力了。此时，再来一句"每逢佳节倍思亲"，在你挣扎欲起而不得起时，再给你一次重重的心理叩击：此时此地，别人举家团聚，欢歌笑语，你却"独在异乡为异客"，你真的就几乎要彻底缴械了。

但因为有远方亲人的牵挂，你虽"独在异乡"，心中却并不孤寒，所以你没有真正的彻底缴械，依然前行，毅然前行。异乡的孤独使你更感受到亲人的温暖，亲情的力量，家乡的可爱可恋。

正是因为这样的表达效果，所以王维的诗句产生后，表达"他乡思亲"时，人们就常常用它来代替自己的表达。这也是所有名句之所以为人们引用的最根本的原因：它在某一情感点或思想点的表达上，达到了别人无法企及的高度、精度与美的向度。

山行 ❖【唐·杜牧】

远上寒山石径斜，
白云生处有人家。
停车坐爱枫林晚，
霜叶红于二月花。

后人总说好诗被唐人写尽了。是啊，读杜牧《山行》这样的诗，自然就会生出这等感叹来。

你看，四句，哪一句不是"绝顶聪明"的句子？哪一句不是将这一内容表达到了极致？

"远上寒山石径斜"，一条石径，远远斜向高寒的山腰。这是一幅绝美寒山石径图。

"白云生处有人家"，高寒的山腰，白云缓缓生发、升起，隐隐约约中有居住的人家。这是一幅绝美白云人家图。

"停车坐爱枫林晚"，"坐"即因为。夕阳斜抹，枫林静穆，因此诗人不忍只是经过。这是一幅绝美枫林夕照图。

秋山红叶图 【宋·萧照】 方晴 临

　　"霜叶红于二月花"，夕照之下，霜叶通红透亮，色泽饱满新鲜。这是一幅绝美夕照霜叶图。

　　四句诗分别描写四种景色，每一种景色都定格于绝妙之处，所以就是四幅绝妙的秋山图。

　　更绝妙的是，四幅绝妙的秋山图又统一于"山行"二字之中，这就构成了一幅绝妙的秋山行旅四扇屏。

　　有人说，其他二十七字只为一个"爱"字。从诗思意脉看，确实可以说"爱"字是情感的一个凝聚点，但如果说全诗都围绕"爱""枫林晚"而作，还是有点勉强的，诗人只是因爱"枫林晚"而暂时驻足。不妨说，诗人"爱""枫林晚"，也"爱""寒山石径"，也"爱""白云人家"，更"爱""夕照霜叶"。

玉阶怨 ❖【唐·李白】

玉阶生白露，
夜久侵罗袜。
却下水晶帘，
玲珑望秋月。

　　"玉阶怨"是乐府旧题，一般都是写宫中女子的幽怨。

　　李白写了什么？仔细读一下这首诗，我们可以看到：明月当空的秋夜，一位女子站立在玉阶上。时间过去很久，露水早已浸透了她的罗袜（丝织的袜子）。然后，她回到房间，放下水晶帘子，透过水晶帘遥望着皎洁明亮的秋月。她在干什么？是在望月？她为什么望月？是等待！她怀着美丽的希望在等待！一句话概括：美人月下等待。

　　李白为什么要写这个呢？诗作的写作触发点与明确的出发点无案可稽，但结合李白的写作状态与文化史常识，我们可以大致推测到李白这首诗的写作缘由。

美人（伊人、佳人）意象是中国古代诗词中的重要意象。如"所谓伊人，在水一方"（《诗经·蒹葭》），"南国有佳人，容华若桃李"（曹植《杂诗》），"美女妖且闲，采桑歧路间"（曹植《美女篇》），"草木有本心，何求美人折"（张九龄《感遇·其一》，"渺渺兮予怀，望美人兮天一方。"（苏轼《赤壁赋》）……在古代诗文中，"美人"常常是圣主贤臣或美好理想的象征。

明月意象是中国古代诗词中的重要意象，更是李白诗歌中的主体意象。据统计，《全唐诗》收李白诗1166首，出现"月"523次，其频率远高于全唐诗的平均数。李白诗歌的月亮意象既有对前代诗的继承，如借月怀人、借月思乡、借月探幽等，更有对前代的超越——以旷世的天才创造性地开发了明月意象，使其具有了更为丰富、更为奇幻的复合诗意功能。如这首《玉阶怨》，明月不仅是莹洁的象征，也是高远的象征，也是清婉的象征。

将"美人"与"明月"用"望"联系起来，我们大致可以推测，李白这首《玉阶怨》是欲以高洁之人望高洁之月写内心高洁之待。李白是大天才，大志大求，时刻期待着施展大抱负。他不仅期待成为大诗人，睥睨古今；更期待成为大政治家，"济苍生"、"安社稷"、"使寰区大定，海县清一"。李白的许多诗作就是这种"言志"之作，这首《玉阶怨》即是，虽然我们不能确切地说出所言之志的具体内容。但我们可以肯定的是，李白借这首诗中的女子等待，抒写自己心中之待，他期待一种美好的愿望在自己的人生中得以实现。

山居秋暝

【唐·王维】

空山新雨后，天气晚来秋。

明月松间照，清泉石上流。

竹喧归浣女，莲动下渔舟。

随意春芳歇，王孙自可留。

　　王维的隐逸诗可谓登峰造极。《山居秋暝》（暝：天色昏暗，此处指天色将晚）则是王维隐逸诗的代表之作。这里结合普通律诗四联营造意境的规律略作分析。

　　首联用简练的笔法勾勒出一个空旷静谧的背景，为全诗奠定一个从容愉悦的感情基调：秋天的傍晚，雨后的空山。这个"空"字不是空寂荒凉，而是空旷静谧；"空山"不是诗人迫于无奈的选择，而是诗人出于性情的息心养性的绝佳归宿。

　　颔联选取"明月""青松""清泉""水石"这些意象做基本材料，用"照"字将"明月"与"青松"相连，用"流"字将"清泉"置于"石上"，使这些意象清洁幽静的本性在首联勾勒出的

梧竹溪堂图 【宋·夏圭】 方晴 临

背景之上得到最大限度的释放，清幽明澈的意境基本形成。

颈联将人事融于天然之中：浣（huàn）指洗涤衣物。竹林深处，浣纱女子结伴咏歌归来；莲叶摇动，轻盈渔舟顺流而下。这样，那个清幽明澈的意境就在这景物动静结合、高低错落中完全生成。

尾联诗人以一种感叹的语调表达自己对这一意境的无限喜爱："歇"就是消散，消失。春天要过去就让它过去吧，这里美丽的秋天更令人留恋。《楚辞·招隐士》中有"王孙兮归来，山中兮不可久留"之句，"王孙"原指贵族子弟，后来也泛指隐居的人。王维这里与之唱反调：这山中是多么洁净纯明，隐者啊，当可长留于此。其隐逸心迹彰然可视。

首联奠定背景基调→颔联选择意象营造意境→颈联融进人事，完成意境营造→尾联议论抒情，点明意旨。这是普通律诗营造意境的普通模式。这首诗就是这种模式的典范教材。

秋词二首（其一）

❖【唐·刘禹锡】

自古逢秋悲寂寥，
我言秋日胜春朝。
晴空一鹤排云上，
便引诗情到碧霄。

刘禹锡（772—842），字梦得，洛阳人。中唐诗人。

刘禹锡被誉为"诗豪"。这个"诗豪"的含义从这首诗中也可窥一斑。

刘禹锡年少即有盛名，二十一岁（793年）进士及第（与柳宗元同榜），三十岁（802年）迁监察御史，与韩愈、柳宗元同任御史台。唐顺宗永贞元年（805年），参加王叔文领导的革新运动（史称"永贞革新"）。革新失败后，王叔文赐死，刘禹锡、柳宗元等被贬。刘禹锡是年三十三岁。这首诗就是诗人在贬所朗州（湖南常德）所作。

一般情况下，这等天地大才，在这样的盛年（青壮年）遇上这样的霉事，总是幽愤难平、苦闷难解的，但刘禹锡却唱出了"我言秋日胜春朝"这样的豪迈诗章。

我们知道，"悲秋"是中国文学中的一个重要母题——从宋玉《九辩》（"悲哉，秋之为气也，萧瑟兮草木摇落而变衰"）到欧阳修《秋声赋》（"秋之为状也，其色惨淡，烟霏云敛……其意萧条，山川寂寥"），一直到《红楼梦》中林黛玉在中秋夜大观园的"即景联语"（"寒塘渡鹤影，冷月葬诗魂"），"悲秋"之作不计其数。刘禹锡则一反常题，自创新词："晴空一鹤排云上，便引诗情到碧霄。""排"即推开，有冲破的意思。真的是豪情万丈，诗情直冲霄汉，爽朗高迈的心情亦随排云之鹤竟抵万里晴空。

诗人为什么能做到这一点？或许，从《秋词·其二》中可以读出其中缘由：

山明水净夜来霜，数树深红出浅黄。

试上高楼清入骨，岂如春色嗾人狂。

"嗾"（sǒu）是诱导的意思。诗人说，秋气"清入骨"，令人冷静，令人明净，哪里像春色那样使人发狂？原来，诗人从秋色的明净、秋气的清冷中，读出了秋天深邃的理性与高远的意境，所以心明眼亮：时已入秋，怎可再为"春色"所蔽？

我想，这就是刘禹锡将诗题命为"秋词"的原因吧：他告诉人们，秋天是可以这样去欣赏的，秋天是应当这样去欣赏的。从这个角度，我将"秋词"解释为"赏秋新词"。这或许就是刘禹锡的本意呢。

水调歌头·明月几时有

【宋·苏轼】

丙辰中秋，欢饮达旦，大醉，作此篇，兼怀子由。

明月几时有，把酒问青天。

不知天上宫阙，今夕是何年。

我欲乘风归去，又恐琼楼玉宇，

高处不胜寒。

起舞弄清影，何似在人间？

转朱阁，低绮户，照无眠。

不应有恨，何事长向别时圆？

人有悲欢离合，月有阴晴圆缺，

此事古难全。

但愿人长久，千里共婵娟。

　　"水调歌头"为词牌名，又名"元会曲""水调歌"等。题序中点明该词写于丙辰年，即公元1076年（宋神宗熙宁九年），距今942年。当时苏轼在密州（今山东省诸城）任太守。中秋那夜，苏轼欢饮达旦，大醉之际，望见那美好的月亮，不禁思念起弟弟子由来，就写下了这阕词。

　　这是苏轼的名篇，可讲之处很多，前人也有许多评说。这里讲一点，就是苏轼作为"谪仙人"对人间的留恋。

　　在古代诗人中，李白是"谪仙人"，这是他封的；苏轼也可说是"谪仙人"，这是他"自封"的。苏轼自封，在《水调歌头·明月几时有》和《念奴娇·凭高眺远》这两阕词中都可以看到。《水调歌头》写于1076年，《念奴娇》写于1082年。两阕词的说法差不多：《水调歌头》说"我欲乘风归去"，《念奴娇》说"便欲乘风，翻然归去，何用骑鹏翼"。

不过苏轼尽管自封为下凡的仙人，在这两阕词中也都说想回到仙界，但他对人间却充满留恋。

我们看看《水调歌头》，上阕说得非常明白："又恐琼楼玉宇，高处不胜寒。起舞弄清影，何似在人间？"苏轼说，他留恋人间的温暖，留恋人间的热闹。

下阕有没有说他留恋？有。他说："人有悲欢离合，月有阴晴圆缺，此事古难全。但愿人长久，千里共婵娟。"尽管人间有悲欢离合，但它与月有阴晴圆缺一样，都是自然现象，都是必然。而人间悲欢离合是人与人之间的情谊，无论悲情，还是欢愉；无论离情，还是合乐，都是令人心动的情谊。只要人们能长在，不管身在何处，就能"共婵娟"。婵娟，本指（女性）形态美好的样子，这里指月亮，我想也指为有情人所共享的所有美好时光。很清楚，苏轼留恋的是人间的情谊，是人们能够长久地共享的美好时光。这就更具体地呼应了上阕"何似在人间"的疑问，落实了"温暖"与"热闹"的内容。我想，这或许就是苏轼无论遭遇何种境地，最终都能回到温暖怀抱，以及最终都能成为人与人之间一个热闹点的原因吧。这或许也就是人们特别喜欢苏轼的一个重要原因吧。

人在世间，本来就是孤寒的孤独体，倘若在生活中还去筑就一些大大小小的人与人的隔障与壁垒，那就更加孤独了。更大的问题是，只有极少数人耐得住孤独、享受得了孤独，绝大多数人都极其渴望得到他人的理解，得到他人的接纳。从这个角度看，与其说苏轼是惧怕天上的清冷，还不如说他是后怕人间的孤寒。"有恨无人省""寂寞沙洲冷"，那毕竟不是苏轼的愿望。因此，他这种"但愿人长久，千里共婵娟"的人生态度对读者就有了更大意义上的"人间启示"了——孤独的人并肩前行。

枫桥夜泊

❖【唐·张继】

月落乌啼霜满天，
江枫渔火对愁眠。
姑苏城外寒山寺，
夜半钟声到客船。

　　枫桥，桥名，在江苏吴县（今苏州吴中区）阊门西。姑苏（今苏州姑苏区）为苏州的别称，因城西南有姑苏山而名。张继，唐代诗人，生卒年不详，字懿孙，襄州（今湖北襄阳）人。据传，张继于安史之乱前两年即753年举进士及第，756年便随大批文士到江南避乱。这首诗就是张继避乱途中夜泊苏州时所作。

　　我非常相信这样的传说，因为张继这首诗中全是浓得化不开的又无法排遣的羁旅愁绪。一个春风得意的举子，遇上一个混乱不堪的时局，不得不避乱他乡，自然而然，种种愁绪汇聚于心间，一经触发，就发之于诗了。

　　"月落"可以是触媒：月升而愁升，月落而愁聚。"乌啼"可以是触媒："乌啼啄啄泪澜澜"（元稹诗），何况是夜晚的乌啼呢。稍稍思虑，感觉"霜满天""江枫""渔火""城外""客船"都可以是触媒，都能引发愁绪万种的才子泪泣。

但我觉得，最让诗人心动的是那夜半钟声，是那幽幽而来的寒山寺的夜半钟声。

本来，佛寺的钟声空寂、淡远，净化心灵。但此时此刻，对满怀羁旅愁绪而不得入眠的张继来说，这夜半钟声更使他心潮涌动了，何况还是寒山寺的钟声呢。寒山寺在枫桥西边一里处。据传，因寒山和尚住此而得名。寒山本与诗人无关，只因心中寒气满。一个"寒"字，随着钟声缓缓渗入诗人的灵府，便产生了这首千古传诵的名诗。

传说唐武宗酷爱《枫桥夜泊》，敕命刻制《枫桥夜泊》诗碑。驾崩后此碑同葬于武宗地宫。

日本人也酷爱这首诗。1929年在青梅山寒山寺，立石碑一座，上刻《枫桥夜泊》诗，建"夜半钟声"钟楼一座，并在附近溪谷清流之上架起一座"枫桥"。

不知张继是否泉下有知。我想，古今中外，不分种族、性别、地位，于愁绪之中，人皆相通。张继引领之。

从诗艺的角度看，第一句写"动"——"月落""乌啼""霜满天"，第二句写"静"——"江枫""渔火""对愁眠"。两句由动而静，静到"眠"（"眠"是一个极静的动词）而静极。在此基础上将笔墨宕开，于是有了第三句"姑苏城外寒山寺"，引出"寒"字，然后用第四句"夜半钟声到客船"收回，由"钟声"将"寒"意缓缓传入，丝丝入于心中，"寒"意尽收于心中。自第一句到最后一句，既是自然时间的过程，又是心理时间的过程。两个过程的浑然融合，使诗意自然生发。真正是匠心巧言全出于自然，高明之极。

天净沙·秋思

❖【元·马致远】

枯藤老树昏鸦，

小桥流水人家，

古道西风瘦马。

夕阳西下，

断肠人在天涯。

　　天净沙，曲牌名，又名"塞上秋"。

　　马致远（约1250—约1321），大都（今北京）人，元代著名文学家。今天常将他与关汉卿、郑光祖、白朴并称"元曲四大家"。

　　也许，写"秋思"的作品，永远不会产生超过马致远这首《天净沙·秋思》的了，因为它占尽了天时地利人和。

　　所谓天时，就是中国古代文化发展到马致远所处的元代，其文化精神已进入了萧索的秋天。整个文化精神大背景，就是一幅"夕阳西下"时的"枯藤老树昏鸦"图。

　　所谓地利，就是中国几千年农业文明的物质形态，到马致远所处的元代，进入深秋季节，几乎任何一个场景都是那种安静到让任何一位有情思的人想哭的境地。

　　所谓人和，就是在马致远之前，古典诗歌写作的情感、思想、意象、技巧等已高度成熟，有关秋思的诗歌意象更已积累到了俯拾即满怀的地步。

　　而马致远少怀大志，却仕途不顺，一生困窘潦倒，漂泊无所倚。当他作为一个元曲家，将文化人的精神融进这样一个时代之中时，便产生了这样不朽的杰作。

我们看，马致远《天净沙·秋思》中出现的十个意象有六个就曾在董解元《西厢记诸宫调》的一首曲子（《赏花时》）中出现过："落日平林噪晚鸦，风袖翩翩吹瘦马，一经入天涯，荒凉古岸，衰草带霜滑。瞥见个孤林端入画，蓠落萧疏带浅沙。一个老大伯捕鱼虾，横桥流水。茅舍映荻花。"但很明显，无论是情感的浓度、思想的深度、语言的精度，还是意象的鲜明度、技巧的圆融度，董曲根本不可与马曲相论，因为马曲在这些方面都已达到了时代的高度，达到了炉火纯青的境界。特别是马曲的创造性，使得它具有超越性品格。

马曲的创造性在哪里呢？全曲十六个词，竟有十四个名词，只有两个动词。尽管之前在杜甫等人笔下有过类似的表达，但如此多地使用名词，几乎是整首曲子都使用名词，又能因此而产生高超的艺术效果，却是之前所未见的。

《天净沙·秋思》虽然只是元曲中的一首小令，但其作为时代的一种标志，确实从情思与形式方面都体现了时代的显著特征。这其实也是经典成为经典的重要原因。

幽谷闲话图 【宋·佚名】 方晴 临

秋窗读易图 【宋·刘松年】 方晴 临

暮秋独游曲江

❖【唐·李商隐】

荷叶生时春恨生，
荷叶枯时秋恨成。
深知身在情长在，
怅望江头江水声。

多数人认为这是一首悼亡诗，为亡妻王氏而作。也有人认为这是一首艳情诗，为悼念意中人而作。且不去管它是为谁而作，只说李商隐大约在写下这首诗的第二年就溘然而逝了。

后人说李商隐就是一个"情天恨海"，他的诗海盛满了古今天地之中以及天地之外的种种情与恨，有体己的，有度人的，有关乎物的，有关乎情的，有今生今世的，亦有远古未来的。反正，他就是"生时情已生，未死恨已成"。

这首《暮秋独游曲江》亦然，题目中的曲江，即曲江池，在今陕西省西安市东南，是唐代著名的皇家园林。首句"春恨生"，一作"春恨起"。体味一下，"暮秋独游曲江"，其凄情，其凄思，其凄见，其凄曲，其凄美，全在一个"独"字。人们常说，晚唐是伤感的。但身处其中的人们，真正能感受到痛彻心扉、恨入骨髓的悲凉的只有李商隐一人，套用鲁迅先生说贾宝玉的话说，就是"悲凉之雾，遍被华林，然呼吸而领会之者，独商隐而已"，故只有李商隐才能写出"夕阳无限好，只是近黄昏""海外徒闻更九州，他生未卜此生休"这样"不可挽回""无复追悔"的诗句来，写出"深知身在情长在，怅望江头江水声"这样"永在永弃又永弃永在"的诗句来。

这里要强调的是，中国文化对生命的思考，从肯定到否定，再到否定中的肯定，是几次大的跨越。《诗经》以及其他儒家经典是对生命的大肯定，《庄子》是对生命的大否定，"吾丧我"；到了唐代的李商隐，则进入否定中的肯定时代，在感伤与痛悼之中站立起更加丰富立体的人。伟大的文学，都是生命思考的结晶，都是在思考生命中开掘、丰富生命的意义。如果愿意追步，从李商隐的诗，到曹雪芹的《红楼梦》，一路而下，我们是能读到中国文学是怎样逐步开掘、赋予与呈现生命的丰富性的。

回到李商隐的诗中，《石榴》的（岂）"可羡"，《嫦娥》的"应悔"，《暮秋独游曲江》的"深知"，确实都是否定中的肯定，是否定中的建构，感伤中有一种更具理智的生命意义的确定。

丑奴儿·少年不识愁滋味

❖【宋·辛弃疾】

少年不识愁滋味，爱上层楼。

爱上层楼，为赋新词强说愁。

而今识尽愁滋味，欲说还休。

欲说还休，却道天凉好个秋。

"丑奴儿"是词牌名，又名"采桑子""丑奴儿令"等。

很多时候，以中年愁，特别是以老年愁来观少年愁，那少年愁似乎就不是什么愁了。这阕《丑奴儿》一上来就说"少年不识愁滋味"，还"爱上层楼，为赋新词强说愁"。很显然，这是辛弃疾站在老年愁的立场上说事。

但不要被表面所迷惑。辛弃疾并不是真的否定少年愁。想当年，辛弃疾是那样为国而愁——在金人统治下的济南生活了21年的他举起抗金的义旗，杀掉叛将后带领一万多人马南下，投奔南宋。之后，上《美芹十论》，建议朝廷积极准备抗金，但他始终没有得到朝廷的重用。于是，遇担当之时、得担当之理、具担当之才却无担当之事的他，只能把满腔爱国情化为满腔"忠愤"气倾吐于文字之中，形成了以豪放之笔慷慨国事、指斥奸邪、自嘲自讽的词风。这阕《丑奴儿》虽不再像先前那样慷慨激昂，"把吴钩看了，栏杆拍遍"，发出"无人会、登临意"的愤慨之语，但也依然能从其自嘲自谑的语调中，感觉到那浓得化不开的为国而忧的愁意。但因为多了一重故作潇洒的"天凉好个秋"，使得这阕词作比他以往的词作多了一重委婉，却也更具悲凉之韵了。

这阕词没有叙写秋景，也未必是秋天所作。但它集结了辛弃疾人生最浓的秋心——愁，所以将其归于秋季诗了。

与《西江月·夜行黄沙道中》《清平乐·村居》两词相比，这阕《丑奴儿·少年不识愁滋味》也具有更多的人生况味。如果说《西江月·夜行黄沙道中》《清平乐·村居》两词是在关闭人生的激愤"频道"下的创作，那么很显然，写《丑奴儿·少年不识愁滋味》这阕词的辛弃疾，则是走过人生激愤之后的自我平复。"却道天凉好个秋"，除了前述的故作潇洒，应当还有人生真实的发现，就如同四季一样，夏天的热烈之后，必然是秋天的落寞，秋天的落寞之后必然是冬天的萧索。所以这阕词最终必然落实在这个"凉"字上。"却道"虽略显无奈，其实也是以理性安抚激情的自我确认。

赠刘景文

❖【宋·苏轼】

荷尽已无擎雨盖，

菊残犹有傲霜枝。

一年好景君须记，

最是橙黄橘绿时。

刘景文（1033—1092），是苏轼好友，名季孙，字景文，祥符（今河南开封）人。

秋末冬初，曾经令人赞美的荷花、荷叶早已没有了，曾经令人赞美的菊花也已呈残败之象了，只有那枯枝还在霜击之中挺立着。但不要忘记啊，这是橙黄橘绿之时啊。这里的"黄""绿"是互文，可解释为橙子黄橙子绿，橘子黄橘子绿。橙子10月成熟，橘子成熟期稍晚也稍长，一般情况下橙子黄时橘子尚有绿的，所以讲橙子黄橘子绿也可。

橙黄橘绿是一年之中最美的景色啊！

苏轼这是在提醒好友，每个时段都有值得珍视的美景，最值得珍视的就是眼下这秋末冬初橙黄橘绿。

　　苏轼为何要这样提醒好友呢？也许，苏轼是真心认为橙黄橘绿是一年之中最美的景色，他要将自己这种"一年之最"的感受与好友分享。也许，苏轼更多是勉励自己的好友，以橘为喻，如屈原《橘颂》中所言："青黄杂糅，文章烂兮""苏世独立，横而不流兮"。这让我们想起韩愈写的《早春呈水部张十八员外》。韩愈劝好友"宅男"张籍出去走走，去踏踏青，说："最是一年春好处，绝胜烟柳满皇都。"既是劝勉，自然就会极尽夸张之能事，一以当十，十以胜百，而又情理相得，正是"善言者无瑕谪"也。

　　欣赏古诗有一个难点，就是对诗作情感触发与凝聚的凭借不甚了然。对诗人而言，某一个词语所表达的某种物象及所寄托的内容可能是极丰富的，是极易诱发心灵深处的震颤的，但对现代的我们而言，可能就是一个内涵极单一、感觉极平淡的与自我没有什么关联的诗人的"自言自语"。因此，读古诗要读出其丰盈的意蕴，产生情感的共鸣与心灵的震颤，是要积累一些古代文化的。否则，像这首诗中述及的"荷""菊""橘"，如果对它们在文化史上的意义缺少认知，是难与苏轼产生共鸣的；再像"洛阳城里见秋风，欲作家书意万重""一声何满子，双泪落君前""想见读书头已白，隔溪猿哭瘴烟藤"这类诗句，我们就可能很难获得阅读享受了。

雪景寒林图（局部） 【宋·范宽】 方晴 临

冬

"日暮苍山远，天寒白屋贫。柴门闻犬吠，风雪夜归人。"

"风雪夜归人"，阔大、苍莽、浑成。在无边无际的寒气笼罩之下，归家者的急切心境与坚毅步伐，构成了天地间最牵动人心的生命活力。是啊，无论何地，"夜归人"总是最牵扯人心的，何况是"风雪夜归人"呢。

走过春的喧闹，走过夏的自然，走过秋的高冷，迎来的是"风雪夜归人"的安静。这安静，应当是最阔大、最苍莽、最浑成的安静吧。

立冬 ❖【唐·李白】

冻笔新诗懒写，
寒炉美酒时温。
醉看墨花月白，
恍疑雪满前村。

　　立冬是二十四节气的第十九个，在公历11月7—8日，表示冬季自此开始。但我国地域辽阔，广大南方地区还远远没有进入冬季。

　　读这首诗，感觉李白就是一个兴奋不已的小孩。

　　李白为什么这么兴奋？

　　笔冻住了，诗也懒得写了。好像他每天都有写诗的任务，今天因笔被冻住不能写就开心了。是不是有点像今天找理由不做作业的小朋友？

　　李白是不是每天都有写诗的作业呢？要说没有也没有，要说有呢也有。

　　怎么说？李白一生对写诗有两个大的追求：

　　第一个是振兴诗的雄风。李白曾在《古风·五十九首》的开篇即大声宣告："大雅久不作，吾衰竟谁陈？"我们知道，"大雅"是《诗经》的一部分，这里李白用来指自《诗经》以来那种真正的好诗所代表的"雅正之声"。李白说：很久没有雅正之声了，我如果不能写出这样的好诗还有谁能写出来呢？可见，他是以振兴诗的雄风为己任的。

第二个是想做"诗家天子"，他要成为天下写诗的"最高级人物"。唐人以诗竞名，诗人都视诗为命。李白听到有人称好友王昌龄为"诗家天子"，内心一直有一种超越的冲动。超越所有诗人，一直是李白内心强烈的冲动。他为追赶、超越崔颢的《黄鹤楼》，先后十几年写十几首有关黄鹤楼的诗，就是一个证明。果然，李白后来成了唐代诗歌的高峰。

有了这两个大的追求，李白的内心当然天天有作业了。

回到李白兴奋的原因，除了暂时可以偷偷懒的心理，还有就是过"立冬"的节日喜庆氛围。古人称立春、立夏、立秋、立冬为"四立"，这"四立"都是重要节日。李白所处的唐代，文武官员"四立"都放假一天。写作这首诗时，李白在与朋友一起过立冬啊！怎么过？"寒炉美酒时温"，多么惬意。

在这样的惬意中，醉酒那是一定的。于是就有了"醉看墨花月白，恍疑雪满前村"。台前朵朵墨花，地上一片银月，醉眼里那是月光还是霜雪？你看，想偷懒不写，竟于不经意间写出了好诗来！

按这样的情况说，李白诗歌的数量应该相当可观。但现存李白诗歌仅一千余首，这真是遗憾的事啊。

夜泊荆溪

❖【唐·陈羽】

小雪已晴芦叶暗，
长波乍急鹤声嘶。
孤舟一夜宿流水，
眼看山头月落溪。

　　如果你是一个注意观察自然的人，如果你对二十四个节气很感兴趣，你就会发现，陈羽笔下的小雪时节的景物，真的是惟妙惟肖。

　　按理，晴天阳光充足，芦叶怎么会"暗"呢？这与季节和植物本身的习性相关。大体上说，景物的色泽自春天开始逐渐明亮，至深秋达到透亮，然后又逐渐转暗。这一特征在四季分明的长江流域就表现得更加鲜明。立冬之后就是小雪，小雪一到，长江流域尽管还没有完全进入冬天，但山山水水整体上也会转"暗"。芦苇经过秋末冬初的霜打之后，深秋透亮的黄叶就逐步转为褐色，慢慢枯萎了。陈羽就是江东人，荆溪又在江苏宜兴，所以他说"小

江村图 【宋·燕文贵】 方晴 临

雪已晴芦叶暗"是非常准确的。

都说唐诗是形象的，一首好诗就是一幅好画。一幅好画有许多标准，画面的统一感，色泽丰富中的协调感，也是重要标准。我们看，这首《夜泊荆溪》统一于冷色调中，阳光、芦叶、长波、鹤声为一帧，孤舟、流水、山头、月落又为一帧。两帧先后承接，非常丰富，且十分生动，"长波乍急""山头月落溪"就如在眼前。

当然，所有这些，都融于一个"真"字中。没有"真"生活，就没有"真"诗。

逢雪宿芙蓉山主人

❖【唐·刘长卿】

日暮苍山远，
天寒白屋贫。
柴门闻犬吠，
风雪夜归人。

刘长卿(约726—约786)，字文房，宣州（今安徽宣城）人。唐代诗人。芙蓉山主人，指芙蓉山上住家主人。

这首诗四句四幅图画，每一幅图画都很耐看，百赏不厌。原因就在它留下的空间很大，可以从多个角度去想象、去补充、去发挥。

我们先看看前两句："日暮苍山远"，在"日暮苍山"之后缀一"远"字，就任你想象了，想象多远就多远，永无尽头；并且可以想"日远"、想"暮远"、想"苍远"、想"山远"、想"日暮远"、想"苍山远"、想"日暮苍山远"。"天寒白屋贫"，在"天寒白屋"之后缀一"贫"字，就有了无限意味，是贫寒？是贫穷？是贫苦？

还是诗人感觉天地之间、日暮之时、苍山之中一间小屋的孤寂？毕竟那是一间"白屋"，即没有装饰的屋子。

再看后两句："柴门闻犬吠"，"柴门"就是用树枝编扎的门。这是说有人在柴门之外的路上行走而犬吠之，还是主人回家开柴门而犬迎之？还是其他情况？"风雪夜归人"，是诗人的想象，还是实事？是说主人归家，还是说其他人归家？

这首诗成为经典的原因，除了引人想象，还有就是创造了不朽的名句——"风雪夜归人"。这个句子实在是精彩！它既是整首诗的灵魂，又是可以独立成篇的诗章。这类可以独立成篇的名句还有许多，像"春来江水绿如蓝""映日荷花别样红""霜叶红于二月花"都是。但在这些名句中，我最喜欢的还是"风雪夜归人"。它阔大、苍莽、浑成，在无边无际的寒气笼罩之下，归家者的急切心境与坚毅步伐构成了天地间最牵动人心的生命活力。是啊，无论何地，"夜归人"总是最牵扯人心的，何况是"风雪夜归人"呢。

刘长卿是"大历十才子"之一，自称"五言长城"，是"大历诗风"的代表性人物。"大历十才子"是唐代由盛转衰的见证人物。诗人的敏感，使他们的诗歌常常营造幽远、清冷甚至孤寂的艺术意境，与盛唐诗风形成鲜明的对比。《逢雪宿芙蓉山主人》正是这种诗风的典型代表，它与后文王维《观猎》的豪迈、劲逸、自得真正是趣旨迥异。有兴趣的读者，可以再比较一下两诗之"归"，自然心有会意焉。

问刘十九

❖【唐·白居易】

绿蚁新醅酒，
红泥小火炉。
晚来天欲雪，
能饮一杯无？

人常说，李白是诗仙，杜甫是诗圣，王维是诗佛，李贺是诗鬼，白居易是诗人。仙圣佛鬼，都与人有关，但关涉的终究不是寻常人事。这样看来，只有白居易是人，多关寻常人事了。果真如此？果真如此！

白居易诗歌流传下来近三千首，这个数量在唐代诗人中是第一位的。他自己曾将作品分为讽喻诗、闲适诗、感伤诗、杂律诗四类。其中闲适诗表现闲适、独处、病居、吟玩等；感伤诗多由物感人，表现亲朋聚散丧亡等悲悼之情。如果细究一下，我们会发现，在近三千首诗作中，写闲适、感伤的占了近一半。这在李白、杜甫、王维、李贺的诗作中是不可能的。再加上他的讽喻诗，也多是"合于事而作"和"一吟悲一事"，我们完全可以说，白居易才是真正的"诗人"啊！

回到这首《问刘十九》，我的感觉中，它是可与怀素的《苦

设色山水册页（4） 【宋·马远】 方晴 临

笋帖》相提并论的。《苦笋帖》与《问刘十九》的艺术特征这里就不提了，只说两者对生活的态度，是何其相似。《苦笋帖》只有十四字："苦笋及茗异常佳，乃可径来。怀素上。"

白居易说，"绿蚁新醅酒，红泥小火炉"。"绿蚁"，指浮在新酿的没有过滤的米酒上的绿色泡沫。"醅"（pēi），酿造。这是说，我有新酿的好酒，有很好的红泥小火炉。"晚来天欲雪，能饮一杯无？"这表面是商量，内里是邀约，趁这要下雪的很好的晚上过来共饮吧。

怀素说，我有刚得到的苦笋，还有刚得到的茶，都是不同寻常的好，你可免去一切俗礼，径直来啊。

白居易的朋友刘十九何其幸也！那个被怀素邀请的人何其幸也！他们的幸福不只是得到了大诗人、大书法家的眷顾，还是他们以自己的生活共同参与了诗艺与书艺的创造啊！

生活与艺术，其实是同一的。艺术在生活中，才有永久的生命力。

江雪 ❖【唐·柳宗元】

千山鸟飞绝，
万径人踪灭。
孤舟蓑笠翁，
独钓寒江雪。

　　柳宗元（773—819），字子厚，河东（现山西永济）人。唐代文学家，世称"柳河东"，因曾任柳州刺史，又称"柳柳州"。唐宋八大家之一，与韩愈并称为"韩柳"。

　　诗中的"蓑笠"（suō lì）指蓑衣和斗笠，蓑衣用草或棕做成，斗笠用竹篾编成，都是雨具。

　　柳宗元的《江雪》是"超一流"的唐诗，是尽人皆知的唐诗。

　　但在我的感觉中，柳宗元的《江雪》可能受到过李白《独坐敬亭山》影响。先看看《独坐敬亭山》：

　　　　众鸟高飞尽，孤云独去闲。

　　　　相看两不厌，只有敬亭山。

比较一下这两首诗，会有不少有趣的发现。

一是写法相似，都是五言绝句，都是"唯我独尊"的"排除法"。李诗先把"众鸟"赶走，让"孤云"离开，只留下自己和敬亭山相看相悦。柳诗让鸟"绝"人"灭"，只留下自己独钓寒江雪。

二是核心意象相同，二十字中"山""鸟""飞""孤""独"五字相同，但两诗的意境、主旨、情趣却绝不相同。李诗的虚静意境、皈依心境、人山一体凸显"爱山爱水"之真趣、真情、真谛。柳诗的冰寒意境、孤高心境、"物我分离"彰显"独善其身"之傲岸与悲寂。写法相似，用字相同，旨趣迥异。这就是大诗人。或许柳诗受到李诗的启发，但柳诗绝不是模仿，而是独创。这也表明旨趣对作品的意义远大于形式对作品的意义。

三是面对孤独，方向相反：李诗走出，柳诗走进。李诗把孤独给了"云"，让"云"将孤独带走，自己以山为伴，乐享山趣。柳诗把孤独给了自己乘坐的"舟"，让"舟"将孤独留下，使自己与孤独相守，享受孤独。

如何面对孤独，是困扰人类的一个永恒的难题。将柳宗元、李白和苏轼三位放在一起，我们发现，他们面对孤独的方式正好是三种典型方式：柳宗元执守孤独，李白放逐孤独，苏轼与孤独的人并肩前行。

观猎

【唐·王维】

风劲角弓鸣，将军猎渭城。

草枯鹰眼疾，雪尽马蹄轻。

忽过新丰市，还归细柳营。

回看射雕处，千里暮云平。

　　读这首诗，仿佛与王维一起观赏了一次将军打猎的盛宴，画面感十足。

　　肃杀的劲风吹得角弓（用动物的角和竹木、牛筋等材料制作的复合弓）发出震鸣，狩猎的地点在长安城西北边的渭城（秦咸阳城，汉改称渭城，今咸阳市东半部）。将军身骑骏马，在猎场所向披靡，忽过新丰市（故址在今陕西省临潼县东北），又归细柳营（在今陕西省西安长安区，是汉代名将周亚夫屯军之地），如何地意气风发。最后拉一个远景，用"射雕"借指将军，在暮云苍苍的草场之上，将军就像曾射中云中雕的"射雕都督"北齐斛律光，威风凛凛。

　　你看，"风劲吹""角弓鸣""鹰眼疾""马蹄轻""忽过""还

寒林策蹇图 【宋·佚名】 方晴 临

归""回看""千里暮云平"。令人应接不暇。

缓过神来，直呼过瘾。你看那力度、速度、敏捷度、得意度，将军豪迈、劲逸、自得的风神尽显。

不过，读这样的诗，我们是没法将王维与"诗佛"联系起来的。

是的，王维身处大唐盛世，又十九岁状元及第，少年正得志，哪有不张狂？所以王维一定会写出这类诗句来："新丰美酒斗十千，咸阳游侠多少年""天子临轩赐侯印，将军佩出明光宫"（《少年行》）、"尽系名王颈，归来献天子"（《从军行》）、"慷慨倚长剑，高歌一送君"（《送张判官赴河西》）、"一身转战三千里，一剑曾当百万师"《老将行》、"大漠孤烟直，长河落日圆"（《使至塞上》）……

诗乃真言。得志行得志语，悟道发悟道声。一语一声，皆为真言。所以王维是少年得意人，晚年悟道佛。

和张仆射塞下曲（选一）

❖【唐·卢纶】

月黑雁飞高，
单于夜遁逃。
欲将轻骑逐，
大雪满弓刀。

　　"塞下曲"是唐代新乐府诗题，多表现边塞军旅生活。张仆射（pú yè），一说为张延赏，一说为张建封。两人都曾官加仆射。仆射在唐时行宰相之职。卢纶（748—约799），字允言，河中蒲（今山西永济）人，唐代诗人。

　　《和张仆射塞下曲》是组诗，共六首，从将军施令、夜巡射虎、雪夜逐敌、庆功宴舞、威风狩猎、点明心迹等方面，多角度表现军旅生活的丰富和生动。

　　这里选取的是第三首，写雪夜逐敌。这首诗被誉为"中唐高调"。

　　确实，初唐、盛唐边塞诗大都写得高昂激越，像高适、岑参、王维的诗作，无不豪迈勃发；中唐之后，气韵转沉，但卢纶这一组诗却卓尔不群，尤其是这第三首，"句句挺拔"。

"月黑雁飞高"，状写边塞奇景，渲染紧张氛围。"单于（chán yú）夜遁逃"，交代敌人潜逃，表明大捷来到。单于是匈奴首领，这里指犯边者。"欲将轻骑逐"，交代我军行动，显示必胜信念。"大雪满弓刀"，状写战士面貌，突显我军威风。

前面讲刘长卿的《逢雪宿芙蓉山主人》时，讲到可以独立成篇的诗章名句。卢纶这首诗中的"大雪满弓刀"也是非常精彩的可以独立成篇的诗章名句。战士背上弓刀，已是英武了；加上大雪纷纷，越见战士之挺拔了；再看大雪满弓刀，寒光四溢，寒气凛凛，更显英雄气概了。融进全诗，这是诗魂；独立出来，这是诗章。

子夜吴歌（冬歌）

❖【唐·李白】

明朝驿使发，
一夜絮征袍。
素手抽针冷，
那堪把剪刀。
裁缝寄远道，
几日到临洮？

　　李白写诗，追求"清水出芙蓉，天然去雕饰"（《经乱离后天恩流夜郎忆旧游书怀赠江夏韦太守良宰》），自然、率真而又精妙，可赏、可品、可慨叹而不可学得。

　　《子夜吴歌》是六朝乐府调。人说李白这《子夜吴歌》分咏四季，就像四季一样自然天成。这里我们将《春歌》放在一起看看，试感受一下这种自然天成的精妙。

子夜吴歌·春歌
秦地罗敷女，采桑绿水边。
素手青条上，红妆白日鲜。
蚕饥妾欲去，五马莫留连。

"采桑"与"绿水""素手"与"青条""红妆"与"白日"，都是纯天然状态，李白只是用艺术镜头框定了一下，将其组接一下，秦罗敷的美丽，春的美丽，就摇曳而来了。秦罗敷是美女，追求她的人很多。这"五马"本指太守，这里指太守家的求亲者。但秦罗敷根本不理睬，她要理睬的是家里饥饿待哺的蚕。就这一个很自然的行为，一个不慕权贵、心地纯正的美丽女子就立起来了。

　　再看看这首《冬歌》："明朝""一夜""几日"三个时间的自然关联，思妇形象就跃然纸上，对夫君的那种牵挂，那种体贴，那种急切，也一一呈现出来了。古代传递公文、书信的人为驿使。因为"明朝驿使发"，而驿使不能等人，就只得"一夜絮征袍"，连夜将加工好的棉花铺在衣物里，就是不知"几日到临洮（táo）"了。临洮在今甘肃省临潭县西南，这里泛指边地。边地遥远，思念也很远很长。在三个时间之中，再用"素手抽针冷，那堪把剪刀"映带与勾连，思妇思夫的真切和真挚也非常自然地表现出来了。

　　李白诗歌自然天成的精妙，最得力于生活之真的"实录"。《静夜思》《夏日山中》《立冬》《子夜吴歌》等，无不如是。

雪

❖【唐·罗隐】

尽道丰年瑞，
丰年事若何。
长安有贫者，
为瑞不宜多。

罗隐（833—909），字昭谏，杭州新城（今属浙江富阳）人。唐代诗人。

都说大雪是丰年的好兆头，但丰年了，事情又怎么样呢？你看长安（唐时首都，今陕西西安）街头，那些贫困的人就在大雪之中冻死了。大雪是好兆头，但还是不宜下很大很多啊。

在天降祥瑞之时，能想到不祥，想到"贫者"的苦难，罗隐是清醒者。

无论何时何地，无论是怎样的盛世，无论是怎样的繁荣，无论是怎样的人皆称善，总会有不如意者，总会有衰败，总会有恶相伴相随。但在这样的时候，人却往往会忽略不如意者，忽略衰

溪山行旅图 【宋·朱锐】 方晴 临

败，忽略恶。因此，罗隐的诗就特别难能可贵。它提醒人们，尤其是当道者，永远要有"贫者"关怀，用今天的话说就是永远要有"底层意识"。有人说，只要有一个乞丐存在，我们的良知就要受到拷问。此言大哉！

罗隐之所以能写出这样的具有"底层意识"的诗来，与他的"底层"身份和强烈的批判精神相关。

在唐代知识分子中，像罗隐这样的天地之才只有一个。他26岁开始应进士，但十多次不第。史称"十上不第"。在这个过程中，罗隐备尝人生艰辛。以己度人，以己体物，便产生了强烈的批判精神。这集中地体现在他编写的《谗书》中。鲁迅先生在《小品文的危机》中说："罗隐的《谗书》，几乎全部是抗争和愤激之谈"。

罗隐在《筹笔驿》一诗中有名句："时来天地皆同力，运去英雄不自由。"这是罗隐从自身生活中得出的英雄之叹，一直为后人所吟诵。

罗隐真乃生不逢时者！

冬柳

【唐·陆龟蒙】

柳汀斜对野人窗，
零落衰条傍晓江。
正是霜风飘断处，
寒鸥惊起一双双。

　　陆龟蒙，唐代诗人，生卒年不详，字鲁望，自号江湖散人、甫里先生，又号天随子，长洲甫里（今苏州甪直）人。与皮日休齐名，世称"皮陆"。

　　陆龟蒙是中国文化史上的奇人，出身官宦世家，自小研读《诗》《书》《礼》《春秋》等，并多有创辟。但科举不利，屡试不中，后隐居故乡甫里，躬耕自生，写下了许多田家诗，如《放牛歌》《刈麦歌》《获稻歌》《蚕赋》《渔具》《茶具》等。他对我国农业文明有着独一无二的贡献——所著古代农具专志《耒耜经》与《氾胜之书》《牛宫辞》一同被誉为"农家三宝"。

　　这首《冬柳》诗也是奇人才能写出的。人多咏春柳、秋柳，也咏夏柳，冬柳确实没有什么能引起诗兴的，所以少有人写，但陆龟蒙却诗兴十足：早上起来，打开窗子，面对柳汀（长有柳树的水中小洲），恰好一阵霜风吹过，枝断飘落，惊起鸥鸟一双双飞起。

诗作似乎很凄婉，"野人""零落""衰""霜风""飘断""寒鸥"这些具有较浓情感色彩的词语，似乎在诉说着诗人的悲情人生。但我们再细细想想，诗人是不是也在以此自处呢？陆龟蒙在他的《散人歌》中自称"不共诸侯分邑里，不与天子专隍隍（bì）"。"隍"是护城河，有水称"池"，无水称"隍"。"隍"是护城堡。这句是说，我陆龟蒙根本不与天子、诸侯共事。在这样决绝高蹈的人生境界中，自许"野人"与"寒鸥"相守，应当更贴近陆龟蒙的现实人生与逍遥心境吧。

从某种程度上说，陆龟蒙的这种心境与柳宗元有相近之处：执守孤独。但很显然，陆比柳要通透，因而更达观。因此，陆龟蒙在他的生活圈内，还是有颇多乐趣的，这样才会产生《放牛歌》《刈麦歌》等许多的"田家诗"，才会产生《耒耜经》这样的奇书。柳宗元则少有这类生活之趣，而增加了悲寂人生的许多体验与感喟，用《小石潭记》里的话说，就是"凄神寒骨，悄怆幽邃"之生命真谛。

对雪 ❖【唐·高骈】

六出飞花入户时，
坐看青竹变琼枝。
如今好上高楼望，
盖尽人间恶路歧。

雪花形状如六瓣花，故古人将雪花称为"六出"。面对纷纷扬扬的雪花，你很激动，是"尽道丰年瑞"，还是如罗隐一样说"为瑞不宜多"，还是……

高骈产生了不同寻常的想法：盖尽人间恶路歧。"恶路歧"指险恶的路途。是他遭遇了人间太多歧路？是他知道人生有太多歧路？是他希望人间少一些险途，多一些坦途？

高骈（821—887），唐朝诗人，字千里，幽州人。高骈家族世代为禁军将领，自己也是晚唐名将，一生屡建奇功：收复交趾，屡败南诏，重创黄巢，但后来拥兵自重，且喜事鬼神，最后为部将囚杀。

雪堂客话图 【宋·夏圭】 方晴 临

　　人有时候知道什么不能做，什么不该做，但还是会不自觉地去做，最后无法转身；有时候知道前面有险途，且小心翼翼，最后却还是进入"恶路歧"。我想，高骈走过的就是这样的人生之路吧。

　　美丽的雪花只能盖住"恶路歧"，不能消除"恶路歧"。若被雪花的美丽欺骗，就可能踏上"恶路歧"。但我想，没有别的什么力量可以让自己走上"恶路歧"，将自己引向"恶路歧"的只有自己偏离正途的心。

　　那"偏离正途的心"是什么心呢？从这首诗中看，那就是"高楼望"。人在追逐自己的欲望中，不断地拉开自己与地面的距离。当到达一定的高处时，地面的平坦与崎岖就难以分辨了，坦途与恶路也就难以分辨了。

稚子弄冰

❖【宋·杨万里】

稚子金盆脱晓冰，

彩丝穿取当银钲。

敲成玉磬穿林响，

忽作玻璃碎地声。

诗作描述了"稚子"即小孩子玩耍并自制冰的情形。

早上将铜盆中的冰倒出来，用彩丝线穿起来，当成银钲（zhēng，铜制的像锣的乐器）敲起来，就像敲磬石或玉制的曲尺形乐器）那样将整个树林都敲得响起来，正在得意之时，忽然掉在地上，像玻璃一样化为一片碎细声迸裂开来。

这真是惟妙惟肖的描述。我们还可以想象，头天晚上，小孩子是怎样怀着期待将清水放进盆子里，端到室外，夜晚睡着了说不准还梦着水怎样结成冰，如果天气不是非常冷，说不准还要这样梦上几个晚上呢。当早上起来，看到盆子里结成了厚厚的一面银钲，那该是一种怎样的雀跃？还可以进一步想象，将银钲倒出

雪中归牧图 【宋·李迪】 方晴 临

后，怎样用一根细细的管子，小心翼翼地慢慢地在冰上吹出一个小孔来。当彩丝线穿好了银钲，敲出第一声响声时，这个小子又该是一种怎样的得意呢？还可以有许多想象，最后当然要想象银钲掉在地上，化成一片碎细声迸裂开来时，这个小子的种种情状了：遗憾？懊恼？开怀？……

　　无法查证这首诗是杨万里什么年龄写的。我想，无论是什么年龄，要写成这样的诗，是一定要有"稚子"情怀的。

　　杨万里一生作诗两万多首，有四千多首传世，幽默风趣是其重要特征。这样的产量，这样的特征，一定与他始终保有"稚子"之情关联甚密。

　　在本书中，前面讲过他的《闲居初夏午睡起·其一》《小池》和《晓出净慈寺送林子方》，里面的"闲看儿童捉柳花""早有蜻蜓立上头""接天莲叶无穷碧，映日荷花别样红"，都是一片稚子之情。

冬日田园杂兴（选一）

❖【宋·范成大】

榾柮无烟雪夜长，
地炉煨酒暖如汤。
莫嗔老妇无盘饤，
笑指灰中芋栗香。

　　这是范成大《四时田园杂兴》第五十六首。诗作写地炉煨酒、灰煨芋栗的生活趣味。诗中的"榾柮"（gǔ duò）指木块、劈柴；"饤"（dìng）指供陈设的食品。

　　读范成大的《四时田园杂兴》组诗，尤其读到"笑指灰中芋栗香"这样的诗句时，就会不自觉地想起梵高的《吃土豆的人》。

　　梵高的伟大表现在许多方面，其中一方面是他真正将绘画变成了普通人的艺术。此前尽管有米勒等大家表现普通人，如《拾麦穗的女人》等，但真正完成艺术进入普通人世界这一转变的是梵高。

　　范成大之伟大也是多方面的，其中一方面是他真正将诗变成了普通人的艺术。尽管之前的许多诗篇都与普通人有关，比方还有大量的田园诗，唐代甚至形成了田园诗派，但能将田园景象与

雪江卖鱼图 【宋·李东】 方晴 临

普通人的田园生活趣味如此丰富、如此真实、如此真诚地化为诗章的，范成大还是第一人。他的《四时田园杂兴》组诗共有六十首，其中春季二十四首，其他三季每季十二首。组诗描写了四季田园景象与生活情趣。

是范成大让我真正理解了"生活与诗"的深刻关联：只要心中有诗，无论怎样的生活，它都将有诗性的光辉照耀。倘若心中无诗，无论怎样精致精美的生活，都与诗无关。

当然，心中有诗，不一定就是要写诗，用心读诗、品诗也是一种诗意生活；甚至不一定要读诗、品诗，有一颗诗心，过一种诗一般的生活，也即是一种诗意人生，像这首诗写的"笑指灰中芋栗香"，像杨万里写的《稚子弄冰》，像辛弃疾写的"醉里吴音相媚好，白发谁家翁媪"，像白居易写的"绿蚁新醅酒，红泥小火炉"……都是诗意生活。

踏莎行·雪似梅花

【宋·吕本中】

雪似梅花，
梅花似雪。
似和不似都奇绝。
恼人风味阿谁知？
请君问取南楼月。

记得去年，
探梅时节。
老来旧事无人说。
为谁醉倒为谁醒？
到今犹恨轻离别。

踏莎行，词牌名，又名"踏雪行""惜余春""转调踏莎行"等。

吕本中（1084—1145），宋代诗人，字居仁，世称东莱先生，祖籍莱州，寿州（今安徽凤台）人。

人说雪似梅花，又说梅花似雪，其实似与不似都奇绝，雪奇绝，梅奇绝，今天又遇着这两奇绝。只是这两奇绝变成"恼人风味"，没人知道是为何，但南楼明月知道是为何。去年南楼探梅时，遇着三奇绝，雪与梅，更有心上人。曾为心上人儿醒又为心上人儿醉，现在悔恨当时是那样轻别离！

这首词是典型的"悔当初"。

"悔当初"是人类一种很普遍的现象，突出特征就是对"当年"的"轻视"或"无意识"产生悔恨。在诗歌中，这种"悔当初"多表现为"轻离别"。吕本中的悔情也在此。如果留意一下就能发现，词作中表现这种悔情的不少，像"悔当初、不把雕鞍锁"（柳永《定风波·自春来》)、"相思了无益，悔当初相见"（朱彝尊《忆少年·飞花时节》)、"一怀愁绪，几年离索。错、错、错"（陆游《钗头凤》)……今天的流行歌曲表现这种情感的就更多了，只是少了真情实感。

　　但"悔当初"很多时候那所"悔"的"当初"可能是假象，可能是过滤掉了其他杂质而放大了的美丽。如果真的是如吕本中所言"似与不似都奇绝"，一旦错过，那恐怕确实是要悔恨一生的。

　　不过从某种程度说，因为人类没有"后悔药"，每一步都不可重复，不能重来，人生才会有那么多做与不做、该与不该的纠结、纠缠、纠纷，才会有那样剪不断、理还乱的纷繁、纷扰、纷争，真真假假，是是非非，好坏美丑……

　　因此，"悔当初"就会成为人类一个永恒的情感文学母题。

別董大 【唐·高适】

千里黄云白日曛，
北风吹雁雪纷纷。
莫愁前路无知己，
天下谁人不识君。

　　高适（704—765），字达夫，一字仲武，渤海蓨（tiáo，一说为今河北衡水）人。他是唐代边塞诗人的重要代表，与岑参并称"高岑"，与岑参、王昌龄、王之涣并称"边塞四诗人"。

　　董大，唐代著名音乐家董庭兰，在兄弟中排行第一，所以称"董大"。

　　一个是大诗人，一个是大音乐家，两个盛唐大才子此时竟都是极落魄之人。当这样的两个好友短暂相聚之后又要作长久离别时，作为诗人的高适便唱出《别董大》二首。这里选取的是第一首。

　　我们还是先稍稍了解一下董大有多厉害吧。同样是大诗人的李颀曾写过《听董大弹胡笳声兼寄语弄房给事》，诗中这样说："董夫子，通神明，深山窃听来妖精"、"空山百鸟散还合，万里浮云阴且晴"。现存的《大胡笳》《小胡笳》两曲，相传就是董大所作。

正因为如此，高适才能在"千里黄云白日曛，北风吹雁雪纷纷"如此苍茫的背景中，唱出"莫愁前路无知己，天下谁人不识君"如此豪迈的高调。曛（xūn），本是夕阳西沉时黯淡无光的景象，此刻也被诗人心中的豪情点燃。当然，也只有唱出如此豪迈的高调，朋友的内心才会有些许的安慰。不过高适能唱出如此豪迈的高调，除了朋友董大本来就高迈、自己的诗风本来就豪迈之外，也应当有对自己的安慰吧。

是啊！我是高适，哪里没有知我识我者，此处不留爷，自有留爷处。

我常想，"天下谁人不识君"从高适心中流出，并赠给董大，是何其贴切。但听到庸常人也以此相激时，就不免难过了。为什么？因为此中有假啊。很遗憾的是，现在类似的假话无处不在。最重要的原因，就是人们常常生活在一种虚假的想象之中，以为自己就是高适，就是董大，甚至比高适还高，比董大还大。所以，当今生活充斥着一种"假作真时真亦假，无为有处有还无"的虚象。

梅花

❖【宋·王安石】

墙角数枝梅，
凌寒独自开。
遥知不是雪，
为有暗香来。

　　查不到这首诗的写作时间，有人说是访友不遇，见友人墙角的梅树开花而作；有人说是晚年辞官居家，在自家赏梅时所作。

　　为什么在这里要特别提及写作时间呢？因为无论是"岁寒三友"（松竹梅），还是"岁寒四友"（梅兰竹菊），都是常用来象喻君子高洁品格的。如果知道确切的写作情境，是可能"猜测"王安石内心寄托的。但现在不能确切地知道这首诗的写作情境，就不能乱"猜"了。那我们就老老实实来看看它的字面义吧！

　　"墙角数枝梅"，点明这开花的梅树生长的地点是"墙角"。不管是只有"墙角"才有梅树呢，还是满园的梅树只有"墙角"的数枝才开，反正"墙角"规定了诗人笔下的梅树所处局促、逼

雪溪行旅图 【宋·朱口】 方晴 临

仄。但在这样局促、逼仄之地，却"凌寒独自开"。"凌寒"是冒着严寒，且这里的"独自"很值得咀嚼：不管你是怎样的严寒，我该开放时依然按时开放；不管别的梅花此时是怎样的退缩，我一定要按时开放。这样，我们就读到了一种毅然决然的精神：不顾地点（局促、逼仄），不顾天时（数九寒天），不顾同类（退缩），我行我素，坚定地走自己的路，勇敢地绽放自己的美丽，散发自己的芬芳。

是梅花就一定要绽放美丽！是梅花就一定要散发芬芳！否则，就枉为梅花，就丢失自我了！那个大写的"我"就不存在了！

联想到王安石自己，他还真就是那"凌寒独自开"的梅花呢。神宗年间，他领导的变法，在重重阻力中前行，那真的是我行我素，毅然决然。

咏物诗常常托物言志。这首诗也完全可以当作王安石的言志吧。

和陶酬刘柴桑

【宋·苏轼】

红薯与紫芋，远插墙四周。

且放幽兰春，莫争霜菊秋。

穷冬出瓮盎，磊落胜农畴。

淇上白玉延，能复过此不？

一饱忘故山，不思马少游。

自陶诗产生后，就有了和陶诗，以宋元两代为最。当然，最有影响的和陶诗还是苏轼的。苏轼自云："吾前后和其诗凡一百有九篇，至其得意，自谓不甚愧渊明。"（苏辙《东坡先生和陶渊明诗引》）《和陶酬刘柴桑》就是苏轼的一首和陶诗。

刘柴桑，名程之，曾为柴桑令，后隐居庐山。陶渊明的《酬刘柴桑》主要抒写隐居躬耕的自然乐趣。

和诗简单说就是唱和，一唱一和。因此，一般与原诗在形式与内容上都有相似性。苏轼这首和诗，用韵与陶诗完全一样，内容上也很相似。什么"红薯"（不是今天的红薯。今天的红薯是明代由南洋传入中国的。苏轼时期的红薯指山药）呀，什么"紫芋"呀，什么"幽兰"呀，什么"瓮盎"（是两种用来收藏山药和紫芋的陶制品）呀，什么"玉延"（也是山药，特指淇上——今河南北部的淇水流域——产的山药）"能复过此不"呀……躬耕自给之乐，不亦乐乎！

我们知道，苏轼一生心仪"二靖"：一是"和靖先生"（宋仁宗赐谥林逋），那是苏轼梦里人；一是"靖节先生"（陶渊明私谥"靖节"），那是苏轼诗里人。但苏轼与两人的最大不同，就是永远积极入世，无论在怎样的境况中，都是"我行我素"，都将"光明"放大，放大到盖过"黑暗"，甚至消除"黑暗"。

这首诗是苏轼贬到儋州时所作。苏轼六十二岁被流放至海南岛儋州，是仅比满门抄斩轻一等的处罚，但他说"我本儋耳氏，寄生西蜀州"。他在这里办学施教，化民成俗。苏轼曾为他的学生姜唐佐题诗："沧海何曾断地脉，白袍端合破天荒。"不久姜唐佐果然中举，成为海南历史上第一个举人。儋州人把苏轼看作是儋州文化的开拓者，至今还有东坡村、东坡井、东坡田、东坡路、东坡桥、东坡帽等。从诗里也可以看到，"远插""且放""莫争""胜农畴""过此不""忘故山""不思"，这些词语怎样充分地将"光明"放大，将"黑暗"缩小，甚至消除。

心仪"二靖"那是心之所归，"我行我素"那是行之所至。心归源于性洁，行至彰显性洁。

这首诗并不是专门写冬季的诗，但就苏轼的人生阶段说，确实已是冬季了。六十二岁至儋州，六十五岁即仙归。

儋州是幸运的，中华文化的高标人物苏轼，最后的时光留在了这里。也许这真是老天的安排，它需要苏轼来这里完成文而化之之旅吧。

冬夜 ❖【唐·韦庄】

睡觉寒炉酒半消，
客情乡梦两遥遥。
无人为我磨心剑，
割断愁肠一寸苗。

韦庄（约836—约910），字端己，长安（今西安）人。晚唐诗人，是武则天时期宰相韦待价七世孙、大诗人韦应物四世孙，自己也是后蜀宰相，其词作与温庭筠并称"温韦"，是花间派代表词人，但他却是唐代文人中极不幸的一个。

他热衷科举，却年近六十岁才中进士，中进士后奉使入蜀，几年后唐亡，只能终老蜀地。中进士之前漂泊江南十多年，得一知己，"资质艳美，兼工词翰"，但入蜀后被前蜀开国皇帝王建夺走。

正是这样的人生遭际，韦庄的诗词伤时、念旧、眷情、悼己，深婉动人。像"江雨霏霏江草齐，六朝如梦鸟空啼。无情最是台城柳，依旧烟笼十里堤。"（《台城》）"前年相送灞陵春，今日天涯各避秦。莫向樽前惜沉醉，与君俱是异乡人。"（《江上别李秀

雪溪放牧图 【宋·夏圭】 方晴 临

才》）等，都很撼人心魄。

　　我想，这首《冬夜》是韦庄最切己的述说吧。在晚年，在病中，在冬夜，在他乡，在知己被夺去的痛苦越挣扎越深陷于是越痛越苦的时候，睡觉（睡醒了）还不如长醉，因为清醒着，那愁肠就越长越盛，寸寸，不，是分分，是厘厘，是毫毫，都难以忍受！所以，他期待有人为他"磨心剑"，不是要割去已成长的愁肠，而是哪怕割去那刚刚露出一毫的愁芽也好啊。但，这也不可能，不可能。真的是痛彻心扉啊！

　　还没有读到过如此之苦的诗。这是一首纯苦诗。他不像其他诗人，如屈原，如杜甫，如辛弃疾，这些诗人是可以通过写诗，通过呐喊，甚至通过泄愤，来减弱心中之痛的。但韦庄不能，他越写诗越苦，每写一个字就是那愁肠长高的一分啊。所以说，"一吐为快"的说法是不完全的。

山园小梅二首（其一）

【宋·林逋】

众芳摇落独暄妍，占尽风情向小园。

疏影横斜水清浅，暗香浮动月黄昏。

霜禽欲下先偷眼，粉蝶如知合断魂。

幸有微吟可相狎，不须檀板共金尊。

林逋（968—1028），字君复，钱塘（今浙江杭州）人。北宋诗人。

一直觉得林逋是中国文化养育的一颗奇异果子。他刻苦好学，通晓百家，性高自好，恬淡自处。四十岁时隐居西湖，结庐孤山，种梅养鹤，终身不娶，世称"梅妻鹤子"。与高僧诗友相待，作诗随就随弃。死后宋仁宗赐谥"和靖先生"。

中国文化发展到宋代，儒道释三家会通融合。林逋与苏轼是这种会通融合的经典之作。苏轼曾在其七言古诗《书林逋诗后》中说："先生可是绝伦人，神清骨冷无尘俗。我不识君曾梦见，瞳子了然光可烛。"这是同道知己之论。

《山园小梅二首·其一》是林逋最为人称道的诗作，可称可道之处很多，这里讲一点："写真"之美。

　　将颔联与江为的残句"竹影横斜水清浅，桂香浮动月黄昏"略作比较，我们就能理解这个"写真"之美。

　　诗之美在于真，真景物，真性情。林逋诗句写出了梅影之真（"疏""横""斜"是美梅之形的特征），梅香之真（"暗"是梅香的特征），梅精神之真（由"水清浅"衬出的"洁"）。而江为的诗句所写"横斜"不是美竹之形的特征，美竹之形的特征是"直""节"，所以用"横斜"写竹不真，不美；用"浮动"写桂香不错，但特征还是不鲜明。而林逋在"香"前缀一"暗"字用视觉写嗅觉，突出梅香的清淡、时断时续，"浮动"的特征也就突出来了。

　　这就不难理解，为什么林逋的诗句是千古名句，而江为的残句却为人诟病。

　　因为林逋诗句脱胎于江为，且只改动了两个字，不明所以的读者以为林逋偷诗。应当说，林逋确实受到了江为的启发，但林逋的诗句是对江为残句的大大超越。而超越之功力来自于"真见"与"真识"。

独酌

❖【唐·杜牧】

窗外正风雪，
拥炉开酒缸。
何如钓船雨，
篷底睡秋江。

"拥炉独酌听风雪"与"卧舟独钓听秋雨"哪一种更让你心动？

这首诗中，杜牧将这两种难得之境融于一体，好不让人羡煞！

"拥炉独酌听风雪"是一种怎样的惬意？若只是"拥炉独酌"，或许就是一种寂寞与孤独吧。但"拥炉独酌听风雪"应当是一种难得的享受吧。想一想，火炉本只是取暖，此刻竟平添了风雪，让红红的火炉增添了温暖的韵致，也激发了诗人以酒助兴的雅好，于是独酌便有了三重雅趣：炉火之暖、风雪之韵、美酒之旨。当三重雅趣相激相生时，就一定会进入一种自我陶醉状态吧。

于是，诗人就于不自觉中吟出"何如钓船雨，篷底睡秋江"的句子了。

"卧舟独钓听秋雨"又是一种怎样的惬意呢？我们知道，"秋风秋雨愁煞人"。若只是"卧舟秋雨"，或许就是一种愁苦吧。但"卧舟独钓听秋雨"却一定是一种难得的享受了。"卧舟独钓"本身就是一种姿态，一种洒脱。老天再给配上"秋雨"之乐，洒脱之上又多了一重洗炼，多了一重默契，真是到了化境。人生难得"卧舟独钓"，更难得"卧舟独钓听秋雨"啊。

　　杜牧将"拥炉独酌听风雪"与"卧舟独钓听秋雨"两者融于一体，或都是他所曾经历过，或都是他所曾渴求的，到底是哪一种境况，我们不得而知。但作为一首诗来说，这样的虚实结合、虚实相生，确实拓展了诗的意境，增添了诗的韵味。

　　因此，说"何如"，其实只是诗人虚晃一枪，内里是说两者都好啊！都让我醉啊！

　　这其实更是诗人的"嘚瑟"。但想一想，倘若真的有这样两种生活，还真的可以嘚瑟嘚瑟啊。

大寒吟

【宋·邵雍】

旧雪未及消，新雪又拥户。

阶前冻银床，檐头冰钟乳。

清日无光辉，烈风正号怒。

人口各有舌，言语不能吐。

　　见过这么冷的天吗？"银床""钟乳"（指钟乳石）"清日""烈风"，这些都见过，就没见过"言语不能吐"。冷得连话都说不出来，"大寒"是不是就该这样呢？

　　邵雍（1011—1077），字尧夫，自号安乐先生、伊川翁等，范阳（今河北涿）人。他是北宋理学家，研讨的是"物理性命之学"（宇宙万物生成发展消亡与性命的学说）。邵雍把天地从始至终的过程区分为元、会、运、世，一元十二会，一会三十运，一运十二世，一世三十年，一元共十二万九千六百年（一元实际上就是一年的放大：年十二月，月三十日，日十二时辰，一时辰三十时分）。到了十二会，天地归终，万物灭绝。宇宙万物就是这样

雪栈行骑图 【宋·梁楷】 方晴 临

周而复始。

二十四节气作为一年的运转周期，每一节气都有其理，大寒是二十四节气中的最后一个节气，在公历1月20日前后，大寒之理就是寒极。所以，遇到如此"言语不能吐"的寒极之象，邵雍觉得很合理、很好，于是诗兴大发，便作出"大寒吟"来了。

有人将"人口各有舌，言语不能吐"孤立出来，用以指那种在高压之下人们不敢说话，只能沉默的社会现象，这虽未尝不可，但与诗作的本意已没有什么关联了。

解诗者常有一种说法：作者未必然，读者未必不然。但读者由此及彼的"然"，"彼"与"此"总得有一定的内在关联，不能是断线的风筝。因此，借口"读者未必不然"而将自己的意思强加给作者是不厚道的。

祭灶诗 ❖【宋·吕蒙正】

一碗清汤诗一篇，
灶君今日上青天。
玉皇若问人间事，
乱世文章不值钱。

祭灶的风俗在周代就已形成。祭灶起初叫"纪灶"，是纪念最先吃熟食的"先灶者"，后慢慢演变为祭灶神。传说灶神腊月二十四上天禀报人间一年的善恶，所以二十三日人们都拿出好吃的来供奉灶神，让他禀报时多说说好话。

祭灶本来是要拿出好吃的来的，像范成大《祭灶诗》诗里写的："猪头烂熟双鱼鲜，豆沙甘松粉饵圆"。吕蒙正为什么只拿出"一碗清汤诗一篇"呢？因为他穷。吕蒙正（944—1011），北宋初年宰相，字圣功，河南洛阳人。在吕蒙正很小的时候，母亲被休，母亲带着他住在一个破窑中。后来吕蒙正发愤攻读，三十三岁考中状元，三次拜相，成为一代名相。这首诗就是吕蒙正在潦倒落魄之时所写。

　　也许是灶神读了吕蒙正的话，在天上说了真话，玉皇大帝就降旨凡间尊崇文化，从此吕蒙正的诗文才值钱了？这当然是一个伪问题，但无独有偶，鲁迅也曾经向灶神哭穷，后来也因文而名。我们看看鲁迅的《庚子送灶即事》诗："只鸡胶牙糖，典衣供瓣香。家中无长物，岂独少黄羊。"长物即多余的东西。古人传说杀黄羊祭灶会交好运。鲁迅这首诗写于1901年，年二十。此时鲁迅的家族正是衰落之时。鲁迅说，我有一只鸡，有一盒胶牙糖，有一瓣典当衣物买来的香，没有多余的东西了，更没有黄羊。但我们可以看到，相比吕蒙正还是好多了。

　　不过无论吕蒙正，还是鲁迅，他们的祭灶诗都在向灶神发牢骚。从中我们是否也看到了他们的抗争？他们的不屈？正是有了这样的抗争与不屈，他们才有了后来的辉煌？

　　当然，相比较而言，吕蒙正的《祭灶诗》比鲁迅的《庚子送灶即事》写得有广度，有深度。鲁迅的诗虽然也有较强的现实性，但基本上是就事论事，遗响不足。而吕蒙正的诗却因事生发，写出了人世的一种普遍现象："乱世文章不值钱。"乱世之下，常常使文化蒙羞和文明遭殃。特别是战乱之时，文明更是常常被毁弃。

除夜宿石头驿

【唐·戴叔伦】

旅馆谁相问？寒灯独可亲。

一年将尽夜，万里未归人。

寥落悲前事，支离笑此身。

愁颜与衰鬓，明日又逢春。

　　除夜即除夕，除夕在传统社会是一个非常重要的时间节点，其中一个非常重要的表现就是"清账"。而"清账"又分两种，一种是人与人之间的经济账务，一种是个人的事业账务。前者好理解，后者是什么意思呢？就是将一年所做的事做一次清理，看是否达到了自己的要求，看明年应做怎样的努力，看年华在老去中有怎样的光辉与无奈……据《唐才子传》，苦吟诗人贾岛每年除夕夜，"必取一岁之作置几上，焚香再拜，酹（lèi）酒祝曰：'此吾终年苦心也。'"明代大书法家文征明的《除夕》云："人家除夕正忙时，我自挑灯拣旧作。"大体都是一种"清账"。

　　戴叔伦的这首《除夜宿石头驿》就更像一个"清账"册了。孤身一人在冰冷的"石头驿"（在今江西新建县赣江西岸）中，他想到的"前事""寥落"，"此身""支离"，既没有成就事业，也没有成就家庭，身体更处在病痛之中。"愁颜与衰鬓，明日又

云关雪栈图 【宋·许道宁】 方晴 临

逢春","又逢"的不是普通意义上的人人向往"春",而是诗人个体独有的"愁颜与衰鬓",去年逢,今年逢,明年依然逢。

正是这样一个沉重的"账本",使戴叔伦写出了"一年将尽夜,万里未归人"的沉重的生命之叹。"未归人""未归"的既是身,也是心;"未归"的心,既是乡心,也是儒家读书人的济世心。

戴叔伦(约732—约789),字幼公,润州金坛(今属江苏常州)人,唐代诗人。如果大家对戴叔伦此时的遭际有所知,那就会对他这种"未归人"的慨叹有更多的理解了。他一生挣扎,晚年得任抚州刺史,治理有方,百姓尽美,但突然被诬拿问,后虽昭雪,却身心疲惫,所以悲凉丛生。此诗正是这种悲凉之心的映照。

戴叔伦论诗有名言:"诗家之景,如蓝田日暖,良玉生烟,可望而不可置于眉睫之前。"对照现实,戴叔伦的人生之景,恰如他的诗论,让人感慨。

岁除夜会乐城张少府宅

❖【唐·孟浩然】

畴昔通家好，相知无间然。

续明催画烛，守岁接长筵。

旧曲梅花唱，新正柏酒传。

客行随处乐，不见度年年。

这首诗有两个看点。

第一个是看唐人怎么守岁。守岁即除夕夜阖家团坐，饮酒欢乐，通宵不眠。取守住岁月、珍惜年华之意。唐人守岁会点上有画饰的蜡烛，以续白日的光明；烧制各种各样的菜肴，一道接着一道摆上筵宴；席间还有以梅花为主题的梅花唱等歌舞，独唱、对唱、合唱，独舞、对舞、群舞，一出接着一出，同时柏酒一杯接着一杯传递。柏酒即柏叶酒，饮柏叶酒辟邪也是古人过春节的一种习俗。就这样饮酒欢庆，迎来新正（正月初一）天明。

第二个是看孟浩然"清账"。前面我们刚讲了戴叔伦"清账"，很是悲凉。孟浩然似乎略好一些。"客行随处乐，不见度年年。"

他说，我这个客居他乡之人啊，随行随乐，是处得乐，只是一年一年就这样过去了，留不下什么痕迹了。

孟浩然生当盛唐，有用世之志，如果读过他的名诗《望洞庭湖赠张丞相》，就一定会记得"欲济无舟楫，端居耻圣明"这个名句。但他应举不顺，仕途困顿，最后归隐。这首诗是孟浩然漂泊江南、精神极低落时所作。诗题中的"乐城"是县名，在今浙江省乐清县，唐代属温州。张少府即张子容，时为乐城令。孟浩然是客行至此，由此，我们也不难感受到，"客行随处乐，不见度年年"虽说得淡然，其内里还是非常辛酸的。

从戴叔伦的《除夜宿石头驿》，到《岁除夜会乐城张少府宅》，我们感受到了过"除夕"的另一种滋味——苦恨。是的，人与人的境遇不同，人生不同阶段的境遇也可能有很大的差异。欢乐与悲伤，幸福与苦难，其实是永远相伴相随的。这就是人生的真实吧。当然，也只有那些勇敢直面真实人生的人，才能抵达诗意的深处。

这里特别想表达的是，说完一百首诗，似乎更明白了：诗不是现世幸福生活的代名。孟浩然诗名满天下，但他的现世生活颇为落魄。诗是真实生活的艺术建构。所以诗人以诗为魂。但诗魂亦有命魂、地魂、天魂。最高贵的诗魂为天魂。而孟浩然的诗魂就是天魂。

应诏赋得除夜

【唐·王諲】

今岁今宵尽，明年明日催。
寒随一夜去，春逐五更来。
气色空中改，容颜暗里回。
风光人不觉，已著后园梅。

　　古代命题诗，一般都在题前加"赋得"二字。应诏诗是特殊的命题诗，属于"应制诗"，是古代臣僚奉皇帝之命所作、所和的诗。应诏诗很难写，既要歌功颂德，又要展示才华。这首诗是唐代诗人王諲（yīn）参加朝廷除夕宴时奉诏所作，写得很得体。

　　一是切题。"除夕"就是去除今夕。"今宵尽""一夜去""空中改"，都是表达这一层意思。但只是去除今夕还不能算完全切题，因为去除了还要迎来。所以，在去除的同时，还要有迎来。于是，这首诗每写一"去"，必写一"来"：有"今岁今宵尽"，就有"明年明日催"；有"寒随一夜去"，就有"春逐五更来"；有"气色空中改"，就有"容颜暗里回"。并且，最后一联落在"来"

字上——"风光""已著后园梅"，这就是"寒去春来"了。这是"除夕"最核心的意义。

二是暗含王德耀坤，君恩昌隆。古人相信天人感应，王有德，天有应。天有应的主要表现就是岁时顺遂，没有灾祸。除夕过了，新的一年就到了，新的春天要应时而动。"春逐五更来"，"容颜暗里回"，"风光""已著后园梅"，就是春天应时而动的表现。这也就暗含对王德君恩的歌颂。

三是颇见才华。应诏诗多写成排律，这首诗虽然不是排律，但前三联不仅全都是工稳的对仗，而且三联连贯而下，气韵生动。最后一联虽不对仗，却轻轻一托，就将诗意高高托起，且别开生面，将读者引向红梅迎春的喜庆之中。

人们平常多用"得体"一词来形容某人做某事做得好，其关键就是能考虑方方面面，而又各尽其宜，恰到好处。这其实是很难的，尤其是臣下替君王做事。王諲这首诗能成为历代应制诗中的佼佼者，正与此相关。